I
Did Not Kill
My Husband

我不是
潘金莲

刘震云 著

图书在版编目（CIP）数据

我不是潘金莲 / 刘震云著. -- 广州：花城出版社，2022.7（2025.7 重印）

ISBN 978-7-5360-9727-8

I. ①我… II. ①刘… III. ①长篇小说 - 中国 - 当代 IV. ① I247.5

中国版本图书馆 CIP 数据核字（2022）第 102972 号

我不是潘金莲
WO BU SHI PAN JIN LIAN

刘震云 / 著

出版人	张 懿
特约策划	金丽红　黎 波
责任编辑	陈诗泳　安 然　欧阳佳子
特约编辑	张 维
技术编辑	凌春梅
封面设计	别境 Lab
内文制作	张景莹
责任印制	张志杰　王会利
媒体运营	刘 冲　刘 峥　洪振宇
数字平台统筹	高 梦
法律顾问	梁 飞
版权代理	何 红
出版发行	花城出版社
经　　销	全国新华书店
印　　刷	天津盛辉印刷有限公司
开　　本	787 毫米 ×1092 毫米　32 开
印　　张	10.5　6 插页
字　　数	210,000 字
版　　次	2022 年 7 月第 1 版　2025 年 7 月第 8 次印刷
定　　价	55.00 元

版权所有・侵权必究。如发现印装质量问题，请与出版社联系。
联系电话：020-37604658　37602954

刘震云

汉族，河南延津人，北京大学中文系毕业，中国人民大学文学院教授、博士生导师。

曾创作长篇小说《故乡天下黄花》、《故乡相处流传》、《故乡面和花朵》（四卷）、《一腔废话》、《我叫刘跃进》、《一句顶一万句》、《我不是潘金莲》、《吃瓜时代的儿女们》、《一日三秋》等；中短篇小说《塔铺》、《新兵连》、《单位》、《一地鸡毛》、《温故一九四二》等。

其作品被翻译成英语、法语、德语、意大利语、西班牙语、瑞典语、捷克语、荷兰语、俄语、匈牙利语、塞尔维亚语、土耳其语、罗马尼亚语、波兰语、马其顿语、希伯来语、波斯语、阿拉伯语、日语、韩语、越南语、泰语、蒙古语、哈萨克语、维吾尔语等多种文字。

2011 年，《一句顶一万句》获得茅盾文学奖。
2018 年，获得法国文学与艺术骑士勋章。

根据其作品改编的电影，也在国际上多次获奖。

2019年11月23日,罗马尼亚语《我不是潘金莲》在布加勒斯特书展首发

目 录

Contents

第一章　序言：那一年　/　001

第二章　序言：二十年后　/　127

第三章　正文：玩呢　/　313

附录　刘震云作品中文版目录　/　335

俗话说得好,一个人撒米,一千个人在后边拾,还是拾不干净。

——刘震云

第一章

序言：
那一年

· 一 ·

　　李雪莲头一回见王公道，王公道才二十六岁。王公道那时瘦，脸白，身上的肉也白，是个小白孩。小白孩长一对大眼。大眼的人容易浓眉，王公道却是淡眉，淡到没几根眉毛，等于是光的；李雪莲一见他就想笑。但求人办事，不是笑的时候。何况能见到王公道，不是件容易的事，邻居说王公道在家，李雪莲拍王公道家的门，手都拍酸了，屋里不见动静。李雪莲来时背了半布袋芝麻，拎着一只老母鸡。李雪莲手拍酸了，老母鸡被拎得翅膀也酸了，在尖声嘶叫，最终是鸡把门叫开的。王公道上身披一件法官的制服，下身只穿了一裤衩。李雪莲除了看到他一身白，也瞅见屋里墙上贴一"囍"字，已经是晚上十点半了，明白王公道不开门的原因。但夜里找他，就图在家里堵住他；自个儿跑了三十多里，这路也不能白跑。王公道打声哈欠：

"找谁呀？"

李雪莲：

"王公道。"

王公道：

"你谁呀？"

李雪莲：

"马家庄马大脸是你表舅吧？"

王公道搔着头想了想，点点头。

李雪莲：

"马大脸他老婆娘家是崔家店的你知道吧？"

王公道点点头。

李雪莲：

"马大脸他老婆的妹妹嫁到了胡家湾你知道吧？"

王公道搔着头想了想，摇摇头。

李雪莲：

"我姨家一个表妹，嫁给了马大脸他老婆她妹妹婆家的叔伯侄子，论起来咱们是亲戚。"

王公道皱皱眉：

"你到底啥事吧？"

李雪莲：

"我想离婚。"

为了安置半布袋芝麻，主要是为了安置还在尖叫的老母鸡；也不是为了安置芝麻和老母鸡，是为了早点打发走李雪莲，李雪莲坐到了王公道新婚房子的客厅里。一个女人从里间露了一下头，又缩了回去。王公道：

"为啥离婚呀？感情不和？"

李雪莲：

"比这严重。"

王公道：

"有了第三者？"

李雪莲：

"比这严重。"

王公道：

"不会到杀人的地步吧？"

李雪莲：

"你要不管，我回去就杀了他。"

王公道倒吃了一惊，忙站起给李雪莲倒茶：

"人还是不能杀。杀了，就离不成婚了。"

茶壶悬在半空：

"对了，你叫个啥？"

李雪莲：

"我叫李雪莲。"

王公道：

"你丈夫呢？"

李雪莲：

"秦玉河。"

王公道：

"他是干啥的？"

李雪莲：

"在县化肥厂开货车。"

王公道：

"结婚几年了？"

李雪莲：

"八年。"

王公道：

"带着结婚证吗？"

李雪莲：

"带着离婚证呢。"

说着，解开外衣的扣子，从内衣口袋里，掏出一离婚证。

王公道愣在那里：

"你不已经离婚了吗，还离个啥？"

李雪莲：

"这离婚是假的。"

王公道接过那离婚证。离婚证已经被揉搓得有些皱巴。王公道从里到外查看一番:

"看着不假呀,名字一个是你,一个也是秦玉河。"

李雪莲:

"离婚证不假,但当时离婚是假的。"

王公道用手指弹了一下离婚证:

"不管当时假不假,从法律讲,有这证,离婚就是真的。"

李雪莲:

"难就难在这里。"

王公道搔着头想了想:

"你到底要咋样?"

李雪莲:

"先打官司,证明这离婚是假的,再跟秦玉河个龟孙结回婚,然后再离婚。"

王公道听不明白了,又搔头:

"反正你要跟姓秦的离婚,这折腾一圈又是离婚,你这不是瞎折腾吗?"

李雪莲:

"大家都这么说,但我觉得不是。"

· 二 ·

李雪莲最初的想法,并不想瞎折腾;已经离婚了,折腾一圈还是离婚;李雪莲最初的想法,是快刀斩乱麻,一刀杀了秦玉河了事。但秦玉河一米八五,膀大腰圆,真到杀起来,李雪莲未必杀得过他。当初结婚找秦玉河,图他个膀大腰圆,一膀子好力气,如今杀起人来,好事就变成了坏事。为了杀人,李雪莲得寻一个帮手。她首先想到的,是自个儿娘家弟弟。李雪莲的弟弟叫李英勇。李英勇也一米八五,膀大腰圆,整日开个四轮拖拉机,五里八乡,收粮食卖粮食,也倒腾棉花和农药。李雪莲回了一趟娘家。李英勇一家正在吃中饭。饭桌前,趴着李英勇、他老婆和他们两岁的儿子,正"呼噜""呼噜"吃炸酱面。李雪莲扒着门框说:

"英勇,出来一趟,姐跟你说句话。"

李英勇从碗上抬起头，看门口：

"姐，有啥话，就在这儿说吧。"

李雪莲摇头：

"这话，只能对你一个人说。"

李英勇看老婆孩子一眼，放下面碗，起身，跟李雪莲来到村后土岗上。已经立春了，土岗下一河水，破了冰往前流。李雪莲：

"英勇，姐对你咋样？"

李英勇搔着头：

"不错呀。当初我结婚时，你借给我两万块钱。"

李雪莲：

"那姐求你一件事。"

李英勇：

"姐，你说。"

李雪莲：

"帮我去把秦玉河杀了。"

李英勇愣在那里。李英勇知道李雪莲跟秦玉河闹"离婚"这件事，没承想到了杀人的地步。李英勇搔着头：

"姐，你要让我杀猪，我肯定帮你，这人，咱没杀过呀。"

李雪莲：

"谁也不是整天杀人，就看到没到那地步。"

李英勇又说：

"杀人容易，杀了人，自个儿也得挨枪子儿呀。"

李雪莲：

"人不让你杀，你帮我摁住他，由我捅死他，挨枪子儿的是我，跟你无关。"

李英勇还有些犹豫：

"摁住人让你杀，我也得蹲大狱。"

李雪莲急了：

"我是不是你姐？你姐这么让人欺负，你就睁眼不管了？你要不管我，我也不杀人了，我回去上吊。"

李英勇倒被李雪莲吓住了，忙说：

"姐，我帮你杀还不行啊，啥时候动手呀？"

李雪莲：

"这事儿就别等了，明天吧。"

李英勇倒点头：

"明天就明天。反正是要杀，赶早不赶晚。"

但第二天李雪莲去娘家找李英勇杀人，李英勇他老婆告诉李雪莲，李英勇昨天夜里，开拖拉机去山东收棉花了。说好是去杀人，怎么又去收棉花？过去收棉花不出省，这回怎么跑到了山东？明显是溜了。李雪莲叹了一口气，除了知道李英勇并不英勇，还知道"打虎还得亲兄弟，上阵须教父子兵"这句话是错的。

为了找人帮自个儿杀人，李雪莲想到了在镇上杀猪的老胡。镇的名字叫拐弯镇。老胡是个红脸汉子，每天五更杀猪，天蒙蒙亮，把肉推到集市上卖。肉案子上扔的是肉，肉钩子上挂的也是肉。肉案子下边筐里，堆着猪头和猪下水。过去李雪莲去集上老胡的摊子买肉，买过，老胡又一刀下去，从案子的猪身上片下一片肉，扔到李雪莲篮子里，或从筐里拎根猪大肠扔过来；但这肉这肠不是白扔，老胡嘴里喊着"宝贝儿"，眼里色眯眯的；有时还绕过肉案，对李雪莲动手动脚，都被李雪莲骂了回去。李雪莲来到集上老胡的肉摊前，对老胡说：

"老胡，找个没人的地方，我跟你说句话。"

老胡有些疑惑，想了想，放下手中的刀，跟李雪莲来到集后僻静处。僻静处有一座废弃的磨坊，两人又进了磨坊。李雪莲：

"老胡，咱俩关系咋样？"

老胡眼中闪了光：

"不错呀宝贝儿，你买肉哪回吃过亏？"

李雪莲：

"那我求你一件事。"

老胡：

"啥事？"

李雪莲接受了弟弟李英勇的教训，没跟老胡说杀人，只说：

"我把秦玉河叫过来，你帮我摁住他，让我抽他俩耳光。"

李雪莲与秦玉河的事，老胡也听说了；摁住一个人，对老胡不算难事，老胡就满口答应了：

"你们的事我听说了，秦玉河不是个东西。"

又说：

"别说让我摁人，就是帮你打人，也不算啥。我想知道的是，我帮了你，我能得到啥好处？"

李雪莲：

"你帮我打人，我就跟你办那事。"

老胡大喜，上前就搂李雪莲，手上下摸索着：

"宝贝儿，只要能办事，别说打人，杀人都成。"

李雪莲推开老胡：

"不杀人。"

老胡又往前凑：

"打人也行。那咱先办事，后打人。"

李雪莲又一把推开他：

"先打人，后办事。"

开始往磨坊外走：

"要不就算了。"

老胡赶紧攥李雪莲：

"宝贝儿别急,那就按你说的,先打人,后办事。"

又叮嘱:

"你可不能说话不算话。"

李雪莲站定:

"我的话句句当真。"

老胡高兴地拍打着自己的胸脯:

"啥时动手呀,这事儿,赶早不赶晚。"

李雪莲:

"那就明天吧。我今天先去找秦玉河,把他约出来。"

当天下午,李雪莲去了县城,去了县城西关化肥厂,去约秦玉河。去时抱着两个月大的女儿,想借着约秦玉河明天去镇上民政所谈女儿抚养费的事,把秦玉河骗回镇上。化肥厂有十来根大烟囱,"突突"往天上冒着白烟。李雪莲在化肥厂寻了个遍,遇到的人都说,秦玉河开着大货车,去黑龙江送化肥了,十天半月回不来。秦玉河像李雪莲的弟弟一样,明显也是躲了。去黑龙江寻人,中间隔着四五个省;秦玉河又是个活物,整天开着汽车在奔跑;看来杀一个人易,寻一个人难;只能让秦玉河多活十天半个月了。李雪莲憋了一肚子气,出了化肥厂,又感到憋了一肚子尿。化肥厂门口有一个收费厕所,撒泡屎尿两毛钱。看厕所的是个中年妇女,头发烫得像鸡窝。李雪莲交了两毛钱,把女儿交给看厕所的妇女,进厕所撒了一泡尿。肚子腾空了，气在肚子里胀得更满了。出来，看到孩子在看厕所的妇女怀里哭，李雪莲兜头扇了孩子一巴掌：

"都是因为你个龟孙，害得我没法活。"

李雪莲和秦玉河的纠葛，都是因为这个孩子。李雪莲与秦玉河结婚八年了，结婚第二年生了一个儿子，如今儿子七岁了。去年春天，李雪莲发现自个儿又怀孕了。也不知是哪一回，算错了日子，该让秦玉河戴套，迁就他没让戴，秦玉河一下舒坦了，李雪莲怀孕了。二胎是违反政策的。如秦玉河是个农民，罚几千块钱，也能把孩子生下来，但秦玉河是化肥厂的职工，如生下二胎，除了罚款，还会开除公职，十几年的工作就白干了。二人便去县医院打胎。李雪莲怀孕两个月没感觉，待脱了裤子，上了手术台，张开大腿，突然觉得肚子里一动；李雪莲又合上大腿，跳下手术台穿裤子。医生以为她要去厕所撒尿，谁知她出了手术室，开始往医院外走。秦玉河攥她：

"哪儿去？一打麻药，不疼。"

李雪莲：

"这里人多，有事回家再说。"

一路无话。两人坐了四十里乡村公共汽车，回到村里，回到家，李雪莲又去牛舍。牛栏里一头母牛，前两天刚生下一个牛犊。牛犊在拱着母牛的裆吃奶。老牛饿了，见李雪莲"哞"了一声。李雪莲忙给母牛添草。秦玉河攥到牛舍：

"你到底要干啥？"

李雪莲：

"孩子在肚子里踹我呢，我得把他生下来。"

秦玉河：

"不能生。生下他，我就被化肥厂开除了。"

李雪莲：

"想一个既能生下来，又不开除你的主意。"

秦玉河：

"世上没有这样的主意。"

李雪莲站定：

"咱们离婚。"

秦玉河愣在那里：

"啥意思？"

李雪莲：

"镇上赵火车这么干过。咱俩一离婚，咱俩就没关系了。我生下孩子，孩子就成了我一个人的，跟你也没关系了。大儿子归你，生下的孩子归我，一人一个，不就不超生了吗？"

秦玉河一下没转过弯来，待转过弯来，搔头：

"这主意好是好，但也不能因为孩子，咱俩就离婚呀。"

李雪莲：

"咱也跟赵火车一样，等孩子上了户口，咱俩再复婚。

孩子是在离婚时生的，复婚等于一人带一个孩子。哪条政策也没规定，双方有孩子不能结婚。结婚后不再生就是了。"

秦玉河又搔着头想了想，不由佩服赵火车：

"这个赵火车，曲曲弯弯，都让他想到了。这个赵火车是干啥的？"

李雪莲：

"在镇上当兽医。"

秦玉河：

"他不该当兽医，他该去北京管全国的计划生育，那样，所有漏洞都让他堵上了。"

又端详李雪莲：

"你肚子里不但藏着一个孩子，还藏着这么些花花肠子，我过去小看你了。"

于是两人去镇上离了婚。离婚之后，为了避嫌，两人也不再来往。但大半年过去，等李雪莲把孩子生下来，却发现秦玉河已与在县城开发廊的小米结了婚。不但结了婚，小米也怀孕了。当初离婚是假的，没想到变成了真的。当初李雪莲走的是赵火车的路，没想到一路走下来，终点站是这么不同。李雪莲去找秦玉河闹，李雪莲说当初离婚是假的，秦玉河一口咬定，当初离婚是真的。有离婚证在，李雪莲倒输着理。李雪莲这才知道，是自己小看了秦玉河；不是咽不下这件事，是咽不下这口气。比这更气人的是，当初离婚的主意，还是李雪莲出的。被别人蒙了不叫冤，自个儿把自个儿绕了进去，这事儿可就窝囊死了。一口气忍不下，李雪莲便想杀了秦玉河。秦玉河去了黑龙江，一时杀不着秦玉河，李雪莲便把气撒到了两个月大的女儿身上。女儿正在哭，一巴掌下去，把她扇得憋了气，不哭了。倒是看厕所的妇女见她打孩子，跳着脚急了：

"啥意思？我跟你可没仇。"

李雪莲倒一愣：

"啥意思？"

看厕所的妇女：

"你要打孩子，别处打去。孩子这么小，哪里经得住你这么打？你把孩子打死了没事，大家知道这里死过人，谁还来这里上厕所呀？"

李雪莲听明白了，接过孩子，一屁股蹾到厕所台阶上，大声哭道：

"秦玉河，我操你妈，你害得我没法活。"

孩子喘过气来，也跟着李雪莲哭；看厕所的妇女见李雪莲骂秦玉河，便知道她是秦玉河的前妻了。秦玉河与李雪莲的"离婚"故事，已经在化肥厂传开了，接着传到了化肥厂门口的厕所。看厕所的妇女见李雪莲骂秦玉河，也跟着骂道：

"这个秦玉河，真他妈不是东西。"

李雪莲见有人帮自个儿骂人，不由与她亲近一些，对看厕所的妇女说：

"当初离婚，明明是假的呀，咋就变成了真的呢？"

没想到看厕所的妇女说：

"我说的不是你们离婚的事。"

李雪莲倒愣在那里：

"你要说个啥？"

看厕所的妇女：

"秦玉河不通人性。今年一月，他喝醉了，来上厕所。上厕所是要交钱的呀，我从这里头有提成啊。俺一家老小，就指着这个厕所呢。秦玉河仗着是化肥厂的，两毛钱，就是不交。我撵着他要，他一拳打来，打掉我半个门牙。"

接着张开嘴让李雪莲看。这妇女果然少半粒门牙。过去李雪莲跟秦玉河在一起的时候，觉得他还讲理，没想到离婚之后，他的性子变了。自己还真小看了他。李雪莲：

"我今儿没找到他，找到他，就把他杀了。"

听说李雪莲要杀人，看厕所的妇女倒没吃惊，只是说：

"这挨千刀的，只是杀了他，太便宜他了。"

李雪莲倒愣在那里：

"啥意思？"

看厕所的妇女：

"杀人不过头点地，一时三刻事儿就完了。叫我说，对这样的龟孙，不该杀他，该跟他闹呀。他不是跟别人结婚了吗？也闹他个天翻地覆，也闹他个妻离子散，让他死也死不了，活也活不成，才叫人解气呢。"

一句话提醒了李雪莲。原来惩罚一个人，有比杀了他更好的办法。把人杀了，事情还是稀里糊涂；闹他个天翻地覆，闹他个妻离子散，却能把颠倒的事情再颠倒过来。不是为了颠倒这件事，是为了颠倒事里被颠倒的理。李雪莲抱孩子来化肥厂时是为了杀秦玉河，离开化肥厂时，却想到了告状。大家都没想到的路，被一个管屎尿的人想到了。这人本来与秦玉河有仇，被秦玉河打碎半粒牙，现在无意之中，又救了秦玉河一命。

· 三 ·

　　李雪莲第二次见到王公道，是在法院的法庭上。王公道身穿法官制服，刚审完一桩财产纠纷案。县城东街老晁家哥俩儿，自幼父母双亡；长大后，在县城十字街头，合开了一个胡辣汤铺子。哥俩儿每天五更开张，铺子又地处闹市，生意渐渐红火起来。但前年老大结婚，哥俩儿间多了一个人，矛盾也多了起来，一直闹到分家的地步。家里的财产倒好分割，二一添作五，到了胡辣汤铺子，两人都想争到手，互不相让，便闹到了法庭。王公道跟晁家老大是小学同学，相互打过招呼，便与哥俩儿调解，谁要胡辣汤铺子，给对方出多少钱等。晁家老大倒听王公道的调解，晁家老二节外生枝，说老大自结婚之后，每天清晨不起床，两年来，十字街头的胡辣汤铺子，都是他五更开张，这不成长工了吗？又要在调解胡辣汤铺子之前，让老大先赔偿他两年来的损失。老大也急了，说去年老二胃出血，开肠剖腹的，白花了家里八千多块钱，这账如何算？哥俩儿越说越多，离开座位，伐到一起，有在法庭动手的架势。王公道看调解不成，只好宣布闭庭，此案改日判决。谁知老二又不让闭庭：

"不说开肠剖腹的事没事儿，说到开肠剖腹，胡辣汤铺子就不算事儿了；今儿不说胡辣汤铺子了，单说开肠剖腹——今天不说出个小鸡来叨米，谁也别想走出这屋子一步！"

又跳着脚在那里蹦：

"我为啥开肠剖腹，还不是被他们两口子气的？"

王公道忙说，"开肠剖腹"属节外生枝，与本案无关；谁知老二犯了浑，伐到王公道跟前，指着王公道说：

"姓王的，知道你们是同学，你要今天敢徇私枉法，我也豁出去了！"

又捋胳膊卷袖：

"明说吧，来的时候，我喝了两口酒。"

王公道：

"啥意思，还想打我呀？"

老二急扯白脸：

"就看到没到那地步。"

王公道气得浑身哆嗦：

"你们哥俩儿争财产,盐里没我,醋里没我,我好意劝你们,咋就该打我了?"

用法槌敲着桌子:

"刁民,全是刁民。"

大声喊来法警,把他们哥俩儿推搡出去。这时李雪莲上前:

"大兄弟,说说我的事儿吧。"

王公道的情绪还在晃家哥俩儿身上,一时没有认出李雪莲:

"你的事儿,啥事儿?"

李雪莲:

"就是离婚的事儿,我头天晚上去过你家,我叫李雪莲,你让我等三天,今天就是第三天。"

王公道这才想起眼前的人是谁,这才将思路从晃家哥俩儿身上,转到了李雪莲身上。他重新坐到法桌后,开始想李雪莲的案子。想了半天,叹了一口气:

"麻烦。"

李雪莲:

"谁麻烦?"

王公道:

"都麻烦。你这案子我简单摸了一下,它很不简单。先说你,已经离了婚,还要再离婚;为了再离婚,先得证明前一个离婚是假的,接着再结婚,然后再离婚,这不麻烦吗?"

李雪莲:

"我不怕麻烦。"

王公道:

"再说你前夫,他叫什么来着?"

李雪莲:

"秦玉河。"

王公道:

"如果他仍是单身,这事儿还好说,事到如今,他已经与别人又结了婚。如果证明你们离婚是假的,你想与他再结婚,他还得与现在的老婆先离婚,不然就构成重婚罪;与你结了婚,还要再离婚,这不麻烦吗?"

李雪莲:

"要的就是这个麻烦。"

王公道:

"还有法院,从来没有审过这种案子。它看似是一桩案子,其实是好几桩案子。好几桩案子审来审去,从离婚又到离婚,案子转了一圈,又回到原来的地方,这不麻烦吗?"

李雪莲:

"大兄弟,你们开的就是官司铺,不能怕麻烦。"

王公道:

"但我说的还不是这些。"

李雪莲：

"你到底要说啥？"

王公道：

"就算你与秦玉河去年离婚是假的，恰恰是这个假的，麻烦就大了。"

李雪莲：

"哪里又大了？"

王公道：

"如果你们当初离婚是假的，明眼人一眼就能看出，你们当初离婚的目的，是为了多要一个娃。如果为了多要娃离婚，你们就有逃避计划生育的嫌疑。知道计划生育是啥吗？"

李雪莲：

"不让人多生娃。"

王公道：

"不这么简单，它是国策。一到国策，事情又大了。如果断定你们当初离婚是假的，在说你和秦玉河的事之前，先得说道说道你们家的娃。你看似在告别人，其实在告你自个儿；也不是在告你自个儿，是在告你们家的娃。"

李雪莲倒愣在那里，想了半天说：

"这样审下来，能判我娃死刑吗？"

王公道倒笑了：

"那倒不能。"

李雪莲：

"能判我死刑吗？"

王公道：

"也不会，就是行政会介入，会罚款，会开除公职，这不是鸡飞蛋打吗？"

李雪莲：

"我要的就是鸡飞蛋打，我不怕罚款，我不怕开除公职，我也没有公职，我在镇上卖过酱油，大不了不让我卖酱油，秦玉河个龟孙倒有公职，我就是要开除他的公职。"

王公道搔着头：

"你非要这样，我也没办法呀，你带诉状了吗？"

李雪莲从怀里掏出一款诉状，递给王公道。诉状是请县城北街"老钱律师事务所"的老钱写的，花了三百块钱。一共三页纸，一页纸一百块。李雪莲嫌老钱要贵了，老钱当时瞪着眼珠子：

"案情重大呀，案情重大呀。"

又说：

"一纸诉状，写了好几桩案子。好几桩案子，收的是一桩案子的钱，可不能说贵。要细掰扯这事儿，我还吃着亏呢。"

王公道接过诉状，又问：

"带诉讼费了吗？"

李雪莲：

"多少？"

王公道：

"二百。"

李雪莲：

"比老钱要的少。"

又说：

"二百解决这么多麻烦，不贵。"

王公道看了李雪莲一眼，开始往法庭外走：

"把诉讼费交到银行，就回去等信儿吧。"

李雪莲在后边撵着：

"要等多长时间？"

王公道想了想：

"进入诉讼程序，等有眉目，至少得十天。"

李雪莲：

"大兄弟，十天之后，我再找你。"

· 四 ·

十天之中,李雪莲做了七件事。

一、洗澡。自生下孩子,只顾惦着杀秦玉河,李雪莲有俩月没洗澡了,自个儿都闻见自个儿身上馊了;如今大事已定,李雪莲便到镇上澡堂子洗了个澡。在热水池里足足泡了俩钟头,泡得满头大汗,身上也泡泛了,便躺到木床上,让人搓澡。镇上澡堂子洗澡五块,搓澡五块;过去洗澡,李雪莲都是自个儿搓,这回花了五块钱,让搓澡的搓了。搓澡的大嫂是个矮胖娘儿们,四川人,个头低矮,手掌却大,一掌下去,吃了一惊:

"这大泥卷子,好几年没见过了。"

李雪莲:

"大嫂,搓仔细点吧,我要办一件大事。"

搓澡的大嫂：

"啥大事，结婚呀？"

李雪莲：

"对，结婚。"

搓澡的大嫂端详李雪莲的肚子：

"看你这岁数，是二婚吧？"

李雪莲点头：

"对，是二婚。"

李雪莲细想，并没对搓澡的大嫂说假话，与秦玉河打官司，就是为了与他重新结婚，再离婚。从澡堂子出来，李雪莲觉得自个儿轻了几斤，步子也轻快了。从镇上穿过，被卖肉的老胡看到了。老胡看到李雪莲，像苍蝇见了血，正在用刀割肉，忙放下肉，连刀都忘了放，掂着刀追了上来：

"宝贝儿，别走哇，前几天你说要打秦玉河，咋就没音儿了呢？"

李雪莲：

"别着急呀，还没逮着他呢，他去了黑龙江。"

老胡盯住李雪莲看。李雪莲刚洗过澡，脸蛋红扑扑的，一头浓密的头发，绾起来顶在头顶，正往下滴水；生完孩子不久，奶是涨的；浑身上下，散着体香和奶香。老胡往前凑：

"亲人，要不咱还是先办事，再打人吧。"

李雪莲：

"还是按说好的，先打人，后办事。"

其实这时连人也不用打了。前几天要打人；还不是打人，是杀人；几天之后，李雪莲不打人了，也不杀人了，她要折腾人。但李雪莲不敢把实情告诉老胡，怕老胡急了。老胡急的却是另一方面：

"人老打不着，可把人憋死了。要不咱还是先办事，办了事，我敢去黑龙江把人杀了。"

打人都不用，更别说杀人了。李雪莲盯着老胡手中带血的刀：

"不能杀人。让你杀人是害你，杀了人，你不也得挨枪子吗？"

又抹了一下老胡的胸脯：

"老胡，咱不急啊，性急吃不了热豆腐。"

老胡捂着胸口在那里跳：

"你说得轻巧，再这么拖下去，我就被憋死了。"

指指自己的眼睛：

"你看，夜夜睡不着，眼里都是血丝。"

又说：

"再拖下去，我不杀秦玉河，也该杀别人了。"

李雪莲拍着老胡粗壮的肩膀，安慰老胡：

"咱不急老胡，仇不是不报，是时候不到，时候一到，一定要报。"

二、改发型。打发走老胡，李雪莲进了一间美发厅。李雪莲过去是马尾松，如今想把它剪掉，改成短发。折腾秦玉河，免不了与他再见面，李雪莲担心两人一说说岔了，再打起来。过去在一起时，两人就打过。长发易被人抓住，短发易于摆脱；摆脱后，转身一脚，踢住他的下裆。马尾松改成短发，李雪莲不认识镜中的自己了。不认识就对了，李雪莲不是过去的李雪莲了。

三、从美发厅出来，进了商店，花了九十五块钱，买了一身新衣裳。王公道说得对，这桩案子不简单，看似是一桩案子，其实是好几桩案子；拉开架势打官司，不知得花多长时间；与人打官司，就要常常见人，不能显得太邋遢；太邋遢，人不成个样子，更像被人甩了，去年的假离婚更说不清了。

四、花了四十五块钱，又买了一双运动鞋。高帮，双排十六个气眼；鞋带一拉紧，将脚裹得严严实实。左右端详，李雪莲很满意。折腾别人，也是折腾自己；与秦玉河折腾起来，免不了多走路。

五、卖猪。家里喂了一头老母猪，两口猪娃。李雪莲把它们全卖了。除了打官司需要钱，还因为打起官司，没人照看它们。人的事还没拎清楚，就先不说猪了。不过李雪莲没有把猪卖给镇上杀猪的老胡；卖给老胡，又怕节外生枝；把猪赶到另一镇上，卖给了在那里杀猪的老邓。

六、托付孩子。李雪莲坐乡村公共汽车，跑了五十里路，把两个月大的女儿，托付给中学同学孟兰芝。李雪莲本想把孩子托付给娘家弟弟李英勇，但上回让李英勇帮着杀人，李英勇逃到了山东，李雪莲看出这弟弟靠不住。李英勇遇事靠姐姐行，姐姐遇事靠李英勇不行。以后就谁也不靠谁了。上中学时，李雪莲和孟兰芝并不是好朋友。不但不是好朋友，是仇敌。因为两人同时喜欢上了班上一个男同学。后来这个男同学既没跟孟兰芝好，也没跟李雪莲好，跟比她们高两级的一个大姐好上了。李雪莲和孟兰芝相互哭诉起来，成了生死之交。李雪莲抱着孩子来到孟兰芝家。孟兰芝也刚生下一个孩子，胸中有奶，孩子托给她也方便。两人见面，付托孩子的前因后果就不用说了，因为李雪莲的事传得熟人都知道。李雪莲只是说：

"我把孩子放你这儿，就无后顾之忧了。"

又说：

"我准备腾出俩月工夫，啥也不干，折腾他个鱼死网破。"

又问孟兰芝：

"孟兰芝，要是你，你会像我一样折腾吗？"

孟兰芝摇摇头。

李雪莲：

"那你会像别人一样,认为我是瞎折腾吗?"

孟兰芝摇摇头。

李雪莲:

"为啥?"

孟兰芝:

"这就是咱俩的区别,我遇事能忍,你遇事不能忍。"

捋开自己的袖子:

"看,这是让老臧打的。"

老臧是孟兰芝的丈夫。孟兰芝:

"忍也是一辈子,不忍也是一辈子,我虽然怕事,但我佩服遇事不怕事的人。"

又说:

"李雪莲,你比我强多了。"

李雪莲抱住孟兰芝,哭了:

"孟兰芝,有你这句话,我死了都值得。"

七、拜菩萨。一开始没想到拜菩萨。将孩子付托给孟兰芝后,李雪莲坐乡村公共汽车往回走,路过戒台山。戒台山有座庙,庙里有尊菩萨。先听到庙里高音喇叭传出的念经声,后看到许多男女老少往山上爬,去庙里烧香。李雪莲本来以为事情已经准备妥当,这时想到落了一项:只顾准备人和人之间的事,忘了世上还有神这一宗。李雪莲赶紧让公共汽车停车,跳下车，跑到山上。庙里庙外都是人。进庙要买门票。李雪莲花十块钱买了门票，又花五块钱买了把土香。进庙，将土香点着，举到头顶，跪在众多善男信女之中，跪到了菩萨面前。别人来烧香皆为求人好，唯有李雪莲是求人坏。李雪莲闭着眼念叨：

"菩萨，你大慈大悲，这场官司下来，让秦玉河个龟孙家破人亡吧。"

想想又说：

"家破人亡也不解恨，就让他个龟孙不得好死吧。"

· 五 ·

　　李雪莲准备把官司打上两个月,待到法院开庭,仅用了二十分钟。该案是王公道审的,面前放着"审判长"的牌子,左边坐着一个审判员,右边坐着一个书记员。与秦玉河打官司,秦玉河根本没有到场,委托一个律师老孙出庭。李雪莲当初写诉状找的是律师老钱,老孙的律师事务所,就在"老钱律师事务所"的旁边。庭上先说案由,后出示证据、念证言,又传了证人。证据就是一式两份的离婚证;经法院鉴定,离婚证是真的。又念证言,李雪莲的诉状中,说去年离婚是假的;秦玉河的律师老孙念了秦玉河的陈述,却说去年的离婚是真的。接着传证人,就是去年给李雪莲和秦玉河办离婚手续的拐弯镇政府的民政助理老古。老古一直在法庭门柱上倚着,张着耳朵,听审案的过程;现一步上前,张口就说,去年离婚是真的;结婚

离婚的事,他办了三十多年,从来没出过差错。李雪莲当时就急了:

"老古,你那么大岁数了,咋就看不出这事是假的呢?"

老古马上也跟李雪莲急了:

"如果是假的,不成你们联手骗我了吗?"

又拍着巴掌说:

"骗我还是小事,不等于在骗政府吗?你说离婚是假的,"

指律师老孙:

"他刚才也念了秦玉河的话,秦玉河就说是真的。"

李雪莲:

"秦玉河是个王八蛋,他的话如何能信?"

老古:

"他的话不能信,我就信你的。去年离婚时,秦玉河倒没说啥,就你的话多。我问你们为啥离婚,你口口声声说,你们感情破裂。当初破裂,现在又不破裂?这一年你们面都没见,这感情是咋修复的?今天秦玉河连场都不到,还不说明破裂?"

说得李雪莲张口结舌。老古又气鼓鼓地:

"我活了五十多年,还没这么被人玩过呢!"

又说:

"这案子要翻过来,我在拐弯镇还混不混了?"

好像李雪莲不是与秦玉河打官司,而是与老古打官司。人证物证,一目了然,王公道法槌一落,李雪莲就败诉了。大家起身往外走,李雪莲拦住王公道:

"大兄弟,官司咋能这么审呢?"

王公道:

"按法律程序,官司就该这么审呀。"

李雪莲:

"秦玉河到都没到,事儿就完了?"

王公道:

"按法律规定,他可以委托律师到庭。"

李雪莲目瞪口呆:

"我就不明白,明明是假的,咋就变不成假的呢?"

王公道将去年的离婚证交给她:

"从法律讲,这就是真的。早给你说,你不听。"

又悄声说:

"我没说娃的事,就算便宜你了。"

李雪莲:

"这么说,官司输了,你还照顾我了?"

王公道一愣,马上说:

"那可不。"

· 六 ·

李雪莲头一回见到董宪法，是在县法院门口。

董宪法是法院审判委员会专职委员。董宪法今年五十二岁，矮，胖，腆着肚子。董宪法在法院工作二十年了。二十年前，董宪法从部队转业，回到县里工作。当时县上有三个单位缺人：畜牧局，卫生局，还有县法院。县委组织部长翻看董宪法的档案材料：

"从材料上，看不出他有啥特长，但看他的名字，不该去畜牧局，也不该去卫生局，应该去法院，'懂'宪法，就是懂法律嘛。"

于是董宪法就来到了法院。董宪法在部队当营长，按级别论，到法院给安排了个庭长。十年后，不当庭长了，升任法院审判委员会专职委员。说是升任，法院系统的人都知道，是明升暗降。这个专职委员，只是一个业务职位，并无实权。名义上享受副院长待遇，但不是副院长；审案、判案、出门用车、签字报销，权力还不如一个庭长。换句话，董宪法的庭长，是给挤下去的；或者，是给挤上去的。这个专职委员，董宪法一当又是十年，离退休已经不远了。二十年前，他上边的院长、副院长都比他年龄大；如今的院长、副院长都比他年轻；从年龄讲，董宪法也算是老资格了。正因为是老资格，二十年只混到一个"专委"，不见进步；或者说，从庭长到"专委"，等于是退步；就被同事们看不起。比同事们看不起董宪法的，是董宪法自己。同事们看不起他是在平时，董宪法看不起自己是在关键时候；好几次该当副院长时，他没把握好机会；按说专委离副院长比庭长近，但好几个庭长越过他当了副院长，他仍原地未动。关键时候，不是比平时更重要？平时的点滴积累，不都是为了关键时候？比这更关键的是，同事们觉得他二十年没上去是因为窝囊，董宪法觉得自己没上去是因为正直。觉得自己不会巴结人，不会送礼，不会贪赃枉法，才错过了关键时候。董宪法有些悲壮，也有些灰心。当正义变为灰心时，董宪法便有些得过且过。比这些更重要的是，董宪法压根儿不喜欢法院的工作。不喜欢不是觉得法律不重要，而是他打小喜欢做的，是把事往一块拢，而不是往两边拆，而法院的工作，整天干的全是拆的事。好事大家不来打官司。就像医生，整天接触的都不是正常人，而是病人一样。医院盼的是人生病，法院盼的是麻烦和官司；没有生病和官司，医院和法院都得关门。董宪法觉得自己入错了行，这才是最关键的。董宪法觉得，牲口市上的牲口牙子，与人在袖子里捏手、撮合双方买卖，都比法院的工作强。但一个法院的专委，也不能撂下专委不干，去集上卖牲口。如去卖牲口，董宪法自个儿没啥，世上所有的人会疯了：他们会觉得董宪法疯了。所以董宪法整日当着专委，心里却闷闷不乐。别人见董宪法闷闷不乐，以为他为了二十年没进步和专委的事，喝酒的时候，还替他打抱不平。董宪法闷闷不乐也为二十年没进步和专委的事，但比这些更重要的，他干脆不想当这个专委，想去集市上当牲口牙子。更闷闷不乐的是，这个闷闷不乐还不能说。于是董宪法对自个儿的工作，除了得过且过，还对周边的环境和人有些厌烦。正因为得过且过和厌烦，董宪法便有些破碗破摔，工作之余，最大的爱好是喝酒。按说他当着审判委员会的专委，审判委员会也研究案子，或者说，董宪法也掺乎案子，原告被告都会请他喝酒；但久而久之，大家见他只能研究和掺乎，不能拍板，说起话来，还不如一个庭长或法官，便无人找他啰唆。外面无人请他喝酒，董宪法可以与法院的同事喝。但法院的同事见他二十年不进步，想着以后也不会进步了，只能等着退休了；一个毫无希望的人，也无人浪费工夫与他喝酒。法院是个每天有人请酒的地方，但董宪法身在法院，却无人请他喝酒。长时间无处喝酒，也把人憋死了。久而久之，董宪法已经沦落到蹭人酒喝的地步。每天一到中午十一点，董宪法便到法院门口踱步。原告或被告请别的法官喝酒，大家从法院出来，碰见董宪法在门口踱步，同事只好随口说：

"老董，一块儿吃饭去吧。"

董宪法一开始还犹豫：

"还有事。"

不等对方接话，马上又说：

"有啥事，不能下午办呀。"

又说：

"有多少鸭子，不能下午赶下河呀。"

便随人吃饭喝酒去了。

久而久之，同事出门再见到董宪法，便把话说到前头：

"老董，知你忙，今儿吃饭就不让你了。"

董宪法倒急了：

"我没说忙，你咋知道我忙？啥意思？想吃独食呀？"

又说：

"别拿我不当回事，明告诉你们，我老董在法院工作二十年了，忙也许帮不上你们，要想坏你们的事，还是容易的。"

倒让同事不好意思：

"你看，说着说着急了，不就开个玩笑吗？"

大家一起去喝酒。再久而久之，同事出去吃饭，不敢走法院前门，都从后门溜，知道前门有个董宪法在候着。李雪莲见到董宪法，就是董宪法在法院门口溜达的时候。状告秦玉河之前，李雪莲没打过官司，不知道董宪法是谁。上回王公道开庭，判李雪莲败诉，李雪莲不服；不但不服王公道的判决，连王公道也不信了。她想重打官司。如果重打官司，就不单是状告秦玉河的事了；在把她和秦玉河去年离婚的事推翻之前，先得把王公道的判决给推翻了；只有推翻这个判决，事情才可以重新说起。不打官司只是一件事儿，打起官司，事情变得越来越复杂了。但李雪莲只知道重打官司得把王公道的判决推翻，并不知道怎样才能把这个判决推翻；想着能推翻王公道判决的，必定是在法院能管住王公道的人。王公道在县法院民事一庭工作，李雪莲便去找民事一庭的庭长。一庭的庭长姓贾。老贾知道这是桩难缠的案子；比案子更难缠的，是告状的人；比人更难缠的是，一眼就能看出，这妇女不懂法律程序；而把一整套法律程序讲清楚，比断一件案子还难；老贾也是害怕事情越说越多，说来说去，反倒把自己缠在里面了。李雪莲找老贾是下午六点，老贾晚上还有饭局，也是急着出去喝酒，便灵机一动，化繁就简，把这麻烦推给了法院的专委董宪法。推给董宪法并不是他跟董宪法过不去，而是他不敢推给别的上级，如几个副院长；更不敢推给院长；何况他平日就爱跟董宪法斗嘴；两人见面，不骂嘴不打招呼；昨天晚上，老贾又在酒桌上和董宪法斗过酒；便想将这气继续斗下去。老贾故意嘬着牙花子：

"这案子很难缠呀。"

李雪莲：

"本来不难缠，是你们给弄难缠了。"

老贾：

"案子已经判了，一判，就代表法院，要想推翻，我的官太小，推不动呀。"

李雪莲：

"你推不动，谁能推得动？"

老贾故意想了想：

"我给你说一个人，你不能说是我说的。"

李雪莲不解：

"打官司，又不是偷东西，咋还背着人呀？"

老贾：

"这人管的难缠的案子太多，再给他推，他会急呀。"

李雪莲：

"谁？"

老贾：

"我们法院的董专委，董宪法。"

李雪莲不解：

"'专委'是干吗的？"

老贾：

"如果是医院，就是专家，专门医治疑难杂症。"

老贾说的错不错？不错；因为从理论上讲，董宪法是审判委员会的专职委员，审判委员会，就是专门研究重大疑难案件的；从职务上讲，专委又比庭长大，也算老贾的上级；但只有法院的人知道，这个专委只是一个摆设，这个上级还不如下级。李雪莲信了老贾的话，第二天中午十二点半，便在县法院门口，找到了正在踱步的法院专委董宪法。董宪法今天踱步，也踱了一个多小时了。李雪莲不知董宪法的深浅，只知道他是法院的专委，专门处理重大疑难案件；董宪法也不知道李雪莲是谁。正因为相互不知道，李雪莲对董宪法很恭敬。看董宪法在那里东张西望，也不敢上前打扰。看他望了半个小时，也没望出什么，才上前一步说：

"你是董专委吧？"

猛地被人打扰，董宪法吃了一惊，看看表，已经下午一点了，想来今天中午蹭不上别人的酒席了，才转过身问：

"你谁呀？"

李雪莲：

"我叫李雪莲。"

董宪法想了半天，想不起这个李雪莲是谁，打了个哈欠：

"你啥事吧？"

李雪莲：

"你们把我的案子判错了。"

董宪法脑子有些蒙，一时想不起这是桩啥案子，这案子自己是否掺乎过；就算掺乎过的案子，在他脑子里也稀里糊涂；正因为稀里糊涂，他断不定这案子自己是否掺乎过；便问：

"法院的案子多了，你说的到底是哪一桩呀？"

李雪莲便将自己的案子从头说起。刚说到一半，董宪法就烦了。因为他压根儿没听说过这案子，何况李雪莲和秦玉河离婚结婚再离婚的过去和将来也太复杂；正因为复杂，董宪法断定自己没掺乎过；正因为复杂，董宪法听不下去了；哪怕你说贩牲口呢，都比说这些有意思。董宪法不耐烦地打断李雪莲：

"这案子，跟我没关系呀。"

李雪莲：

"跟你没关系，跟王公道有关系。"

董宪法：

"跟王公道有关系，你该找王公道呀，咋找上我了？"

李雪莲：

"你比他官大，他把案子判错了，就该找你。"

董宪法：

"法院比王公道官大的多了,为啥不找别人?"

李雪莲:

"法院的人说,你专管疑难案子。"

董宪法这时明白,法院有人在背后给他挖坑,不该他管的事,推到了他身上;别人不想管的难题,推到了他头上;便恼怒地说:

"这是哪个王八蛋干的?个个藏着坏心眼儿,还在法院工作,案子能不判错吗?"

对李雪莲说:

"谁让你找的我,你就去找谁。"

又说:

"不但你找他,回头我也找他。"

说完,转身就走。因为董宪法的肚子饿了;既然等不到别人的酒席,便想自个儿找个街摊,喝上二两散酒,吃碗羊肉烩面了事。但李雪莲一把拉住他:

"董专委,你不能走,这事你必须管。"

董宪法哭笑不得:

"你倒缠上我了?法院那么多人,凭啥这事儿非得我管?"

李雪莲:

"我给你做工作了。"

董宪法一愣：

"你给我做啥工作了？"

李雪莲：

"上午我去了你家，给你家背了一包袱棉花，拎了两只老母鸡。"

董宪法家住董家庄，离县城五里路。董宪法更是哭笑不得：

"一包袱棉花，两只老母鸡，就把我拴住了？快去把你的棉花和老母鸡拎走。"

甩手又要走，又被李雪莲一把拉住：

"你老婆当时答应我了，说你管这事儿。"

董宪法：

"她一个喂猪娘儿们，她只懂猪，哪里懂法律？"

李雪莲：

"照你这么说，我工作不是白做了？"

董宪法指李雪莲：

"你工作没白做，你这叫行贿，懂不懂？我没追究你，你倒缠上我了。"

又要走，又被李雪莲拉住。这时围上来许多人看热闹。董宪法本来就憋了一肚子气，见人围观，脸上便挂不住：

"刁民，大街上，拉拉扯扯，成什么样子？滚！"

用力甩开李雪莲，走了。

待到晚上,董宪法从县城骑车回到董家庄,还没进家门,就闻到鸡香。待到家,原来老丈人来了,老婆炖了一锅鸡。本来董宪法已经忘了李雪莲的事,这时又想了起来,进厨房揭开锅盖,两只鸡大卸八块,已经炖熟了。董宪法不由骂老婆:

"见小的毛病,啥时候能抽空改改?"

又骂:

"你知道你在干啥?你这叫贪赃枉法。"

但第二天早起,董宪法就把这事给忘了。

· 七 ·

李雪莲见到法院院长荀正义，是在"松鹤大酒店"门前。荀正义喝大了，被人从楼上架了下来。荀正义今年三十八岁，法院院长已经当了三年。与周边几个县份的法院院长比，荀正义算是最年轻的。正因为年轻，还有远大的前程，做事便有些谨慎。荀正义平日不喝酒。为了工作，他给自己规定了五条禁令：一个人不喝酒，工作时不喝酒，在法院系统不喝酒，在本县不喝酒，周一至周五不喝酒。虽然禁令之间相互重叠和啰唆，但总结起来一句话：无缘无故不喝酒。

但今天荀正义喝大了。今天是在本县，是在法院系统，是周三，与禁令都有些冲突；但不是无缘无故，而是有缘有故：因为今天是前任院长老曹的生日。老曹三年前退下来，把院长的位置让给了荀正义。老曹对荀正义有提携和栽培之恩。老领导的生日，又是退下来的老领导，荀正义便陪老领导喝酒；老领导喝大了，荀正义也喝大了。关于老领导老曹的栽培之恩，荀正义其实有一肚子苦水。三年前，老曹该退了，当时法院有四个副院长；在这之前，老曹培养的接班人不是荀正义，而是另一个副院长老葛。老曹一辈子除了爱断案，还爱喝酒；除了爱喝酒，还爱打桥牌。老葛也爱打桥牌。牌桌上最能考验一个人的品行。老曹深知老葛之后，便把老葛作为接班人来培养；老曹深知老葛，把位置交给老葛也放心。谁知在老曹退位的头一个月，老葛与同学吃晚饭，喝酒喝醉了；酒后驾车，上了马路，走的却是逆行；老葛喝醉了，车速开得又快，吓得对面的车纷纷避让，老葛反骂：

"还有没有规矩了？怎么逆着就上来了？可见法制不健全，明天都判了你们！"

骂着，对面一辆十四轮的运煤车躲闪不及，迎头撞来，将老葛的车又撞回顺行道上。车回到了顺行道上，人当场死亡。老葛的死，给荀正义提供了机会。老曹下台时，接老曹班的就不是老葛，而成了荀正义。荀正义能接老曹的班，应该感谢的不是老曹，而是那辆运煤车；也不是那辆运煤车，而是老葛喝的那顿酒，与老葛喝酒的老葛的同学们。荀正义这么认为，老曹却不这么认为；老曹认为，他亲手把院长的位置交到谁手里，谁就是他培养的；荀正义从他手里接的院长，就该报他的恩。

老曹这么认为，荀正义也只好顺水推舟，院长当上之后，见了老曹总说：

"我何德何能，不是老领导的培养，我哪里能坐上这个位置？"

老曹也就信以为真，开始把荀正义当成自己人。但老曹也有分寸，退下来后，法院的工作，不再插手；只是生活上遇到问题，给荀正义打招呼。正因为工作上不插手，只是生活上提要求，荀正义觉得老曹是个明白人；而生活上的要求，花俩钱就能消灾。三年下来，荀正义一直把老曹当老领导供着。每年老曹生日那天，荀正义便请老曹吃晚饭。酒宴上，开头一句话总是：

"工作一年忙到头，顾不上看望老领导；但老领导的生日，还是得我亲自来主持。"

虽是一句话，一句话顶一年，但有一句总比没一句强，老曹高兴得红光满面。今年的生日宴，就摆在"松鹤大酒店"的二楼。老曹首先在自个儿的生日宴会上喝大了；因今天不是无缘无故，荀正义也跟着喝大了。没喝大时还说：

"老领导也知道，平时我不喝酒，给自个儿规定了五条禁令，每年的今天，我倒是要破破例，陪老领导喝个痛快。"

老曹又高兴得红光满面。但老曹喝了一辈子酒，荀正义平日不喝酒，荀正义哪里是老曹的对手？老曹在酒场上奋杀了一辈子，在酒的喝法上，也有自己独特的风格和创造。老曹喝酒，和烟连着，名叫："俗话说，烟酒不分家。"烟酒不分家并不是边喝边抽，而是借着烟盒的高度，往玻璃杯里倒酒的分量。烟盒先是卧着，酒倒到跟烟盒同样的高度，一口喝下；烟盒再横着，酒倒得也是同样的高度，再一口喝下；然后烟盒再立起来，又倒到跟烟盒同样的高度，一口喝下。烟盒卧着，酒往玻璃杯里能倒一两；横着，二两；立着，三两；烟盒翻三番，半斤酒已经下去了。三杯喝下，叫开门红。开门红喝过，酒席才算正式开始，划拳行令，一个个过通关，最后到底能喝多少就难说了。但老曹哪里知道，他已经退下去了，现在法院的院长是荀正义；陪同他们喝酒的，是法院几个副院长、政治处主任、纪检组长、办公室主任等领导班子成员，他们过去是老曹的部下，现在已经不是了，成了荀正义的部下；"开门红"时，老曹喝的是真酒，荀正义喝的也是真酒；接着划拳行令，一个个过通关，部下开始玩儿障眼法，给老曹酒杯里倒的是酒，给荀正义酒杯里倒的是矿泉水。八圈通关下来，老曹醉了，荀正义也醉了；老曹醉是全醉，荀正义是半醉。但老曹在身边，荀正义还要做出全醉的样子。酒宴结束，老曹被人从二楼架了下来，荀正义也被人从二楼架了下来。正在这时，李雪莲上前一把扯住了荀正义：

"荀院长，你要替我做主呀。"

虽然法院院长被人拦路告状是常事，但夜里，酒后，加上突然，荀正义还是被吓了一跳。因老曹在身边，仍要装出全醉的样子，又不敢露出被吓了一跳。架着他的法院办公室主任，倒是被吓了一跳，慌忙去拉李雪莲：

"松手，没看院长喝多了？有啥事，明天再说。"

将李雪莲拖开，将荀正义往车上扶。但这时老曹在楼梯口大声问：

"咋回事？"

虽然舌头有些短，仍接着问：

"是不是有人告状？过来我问问，这场面我见多了。"

如酒不喝大，老曹不会干涉法院的工作；正是因为喝大了，忘记自己三年前已经退下来了；见有人告状，回到了当年的亢奋状态。众人见老曹要干政，忙又着了慌，放下荀正义，先将老曹往车上扶，一边扶一边说：

"老院长，就是一个农村妇女，不会有什么大事，您老身体要紧，还是赶紧回去休息吧，剩下的事，让荀院长处理吧。"

老曹脚不沾地，被人架到了轿车里。老曹仍不依，摇下车窗，指着另一辆车边的荀正义，摆出老领导的架势说：

"正义呀，这案子你好好给我问一问。我给你说过的，当官不与民做主，不如回家卖红薯。"

荀正义也忙向老曹的车趔趄了两步，嘴里说：

"老领导放心，您的点滴教诲，我都记在心里，这案子我一定好好问，明天向您汇报。"

老曹嘴里还嘟囔着，车就开走了。正因为有了老曹这句话，荀正义倒不好马上坐车走了。马上坐车走不是怕李雪莲听到老曹的话会怎么样，而是怕老曹明天酒醒，万一还记得这事，打听出他阳奉阴违，醒时的话听，醉时的话不听，后果就不好了。就会因小失大。一个退休的老干部，帮你忙是不可能了，但想坏你的事，他还是有能量的；他在台上那么多年，上上下下，也积累下丰厚的人脉，料不定哪块云彩下雨，就砸在了你头上。虽然还半醉着，只好回头理会李雪莲；正因为半醉着，口气便有些不耐烦：

"你咋了？"

李雪莲：

"我要告一个人。"

荀正义：

"告谁呀？"

李雪莲：

"董宪法。"

李雪莲本来告的是秦玉河，后来加上了王公道；是王公道把她的案子判错了；现在先放下秦玉河和王公道，开始告董宪法。本来她与董宪法无冤无仇，就见过一面；她求董宪法把案子平反，董宪法说这事不该他管；如果事情就此打住也就罢了，但当时在法院门口，两人越说越多，越说越戗，街上的人越聚越多，董宪法恼了，骂了她一声"刁民"，又骂了一声"滚"；正是这两句话，把李雪莲也惹恼了：我有冤来告状，你开的是官司铺，咋能骂我是"刁民"，咋能让我"滚"呢；便越过董宪法找法院院长，状告秦玉河和王公道之前，先告董宪法。荀正义一下摸不着事情的首尾，问：

"董宪法咋你了？"

董宪法没咋李雪莲；骂一声"刁民"，再骂一个"滚"字，也够不上犯法。但情急之下，李雪莲说：

"董宪法贪赃枉法。"

说董宪法贪赃枉法，这话没有根据；也许董宪法在别处贪赃枉法过，但在李雪莲这件事上还算不上；董宪法老婆收了李雪莲一包袄棉花，两只老母鸡，也够不上贪赃枉法；倒是董宪法看他老婆把鸡炖了，骂他老婆"贪赃枉法"。

这时一阵冷风吹来，荀正义打了个寒噤。刚才是半醉，风一吹，倒成了全醉。荀正义清醒时很谨慎，喝大了容易脾气暴躁。酒前和酒后是两个人。这也是他平日不喝酒，给自己规定五条禁令的原因。这时不耐烦地说：

"如果你说他别的，也许该我管，但你说他贪赃枉法，这事我就管不着了。"

李雪莲：

"那我该找谁呢？"

荀正义：

"检察院。"

荀正义说的也是实情。董宪法是公职人员，如果董宪法案子审错了，该找法院院长，如果董宪法涉及贪赃枉法，就不是法院能管的事了，该由检察院立案侦查。但李雪莲不懂其中的道理，反倒急了：

"咋我找一个人，说不该他管；找一个人，又说不该他管；那我的事，到底该谁管呢？"

接着又冒了一句：

"荀院长，你是院长，你不能像董宪法一样，也贪赃枉法呀。"

这句话把荀正义说恼了。也许荀正义在别处贪赃枉法过，但在李雪莲这件事上却没有。也许不喝酒荀正义不恼，一喝大，就真恼了；恼怒之下，便对李雪莲吼了一句：

"咱俩刚见面，我咋就贪赃枉法了？可见是个刁民，滚！"

骂得跟董宪法一模一样。

·八·

李雪莲见到县长史为民,是在县政府大门口。史为民坐车出门,正在车上喝粥,突然一个妇女跑到车前,拦住去路;司机猛地刹车,史为民的脑袋磕在前座的椅背上,粥也撒了一身;揉揉头,将身子放回来,再抬头,见车前的妇女跪在地上,高举一块马粪纸牌,牌子上写着一个大字:冤。

今天是礼拜天,按说史为民不该上班。但县长史为民,从没休过礼拜天。一个县一百多万人,工农商学,吃喝拉撒,事情千头万绪;从中央到省里,再到市里,每天下发的文件有一百多份,都靠史为民落实。工人每天上班八个小时,史为民每天工作十四五个小时,天天夜里开会。还有,从省里到市里,每天都有部门来县里检查工作;从省里到市里,部门有百十来个;县里每天需要在宾馆招待的上级检查组,至少有八拨。中饭和晚饭，史为民得陪十六拨次的客人。都是职能部门，哪个也得罪不起。史为民的胃，也让喝酒喝坏了。史为民时常捂着胃对部下感叹：

"县长，不是人干的活。"

但能当上一县之长，也不是容易的；一个县想当县长的，有一百多万；祖坟的坟头上，未必长了这棵蒿子。比这些重要的是，从政是个迷魂阵，当了乡长，想当县长；当了县长，还想当市长和省长呢。一切不怪别人，全怪自己。史为民想明白这些道理，每天有怨无悔地工作着。胃让喝酒喝坏了，只能自个儿调理。中午、晚上喝酒，还有一个清早不喝酒，这时史为民只喝粥。粥里放些南瓜和红薯，既食了粗粮，也养胃。有时头天晚上开会迟，第二天早上睡过了头，又急着出门，便在车上喝粥。李雪莲见县长，也是接受了见法院院长荀正义的教训，不再中午和晚上找人，换在了早晨；中午和晚上人容易醉，清早，人的脑袋是清醒的。于是，这天早晨，李雪莲便与县长史为民，在县政府门口碰了面。

史为民今天出门，是去参加县上一个饭店的开业剪彩。这个饭店叫"世外桃源"。说是"世外"，距人间并不远；县城西南二十里，有一片树林子，饭店开在这林子里；偶尔有鸟飞来，饭店的老板又养了几头梅花鹿，便叫"世外桃源"。比饭店雄伟的，是饭店身后，矗起一座配套的洗浴城，桑拿按摩等一条龙服务，里面应有尽有。按说配套的行业有"涉黄"嫌疑，开业剪彩，县长不该参加；但开这"世外桃源"的人，是省上一位领导的小舅子，不过租了县上一块土地；正因为这土地在本县，史为民作为"土地"就该参加了。何况，"世外桃源"开业之后，还给县上交税呢；这也是县长工作的一部分。开业选在礼拜天，也是图个人旺。昨天晚上会又散得迟，史为民清早又睡过了头，便又在车上喝粥。"世外桃源"开业剪彩是九点，出门已经八点半了，史为民有些着急；车出县政府，又被人当头拦车，史为民更着急了。比史为民着急的，是他的司机。司机急不是急耽误县长剪彩，或县长头磕在了前座上，或粥撒了县长一身，而是一个妇女突然跑到车前跪下，猛地刹车，把他吓出一身冷汗。他摇下车窗，当头骂道：

"找死呀？"

史为民还是比司机有涵养，这种事也不是头一回遇见，再说，这也是县长工作的一部分，便止住司机，推车门下车，先抖抖身上的粥，又上去拉车前头的妇女：

"起来，有啥起来说。"

李雪莲起身。

史为民：

"你找谁呀？"

李雪莲：

"我找县长。"

史为民便知道这妇女家没有电视,看不到电视上的本县新闻,与他对面不相识,便问:

"找县长干啥?"

李雪莲举举头上的"冤"字:

"告状。"

史为民:

"告谁呀?"

李雪莲:

"不是一桩案子。"

史为民倒"噗嗤"笑了:

"一共有几桩?"

李雪莲:

"第一桩,告法院院长荀正义;第二桩,告法院专委董宪法;第三桩,告法官王公道;第四桩,告我丈夫秦玉河;第五桩,还告我自个儿。"

史为民一下听蒙了。听蒙不是一下告这么多人让他蒙,而是后边还有一个"我自个儿"。哪有自个儿告自个儿状的?史为民判定,这案子不简单,一时半会儿说不清楚,低头看了看表,已经八点四十,便说:

"既然你找县长,我给你喊去。"

转身向政府大门里跑去。他跑一是为了脱身，好去参加"世外桃源"的剪彩；二是参加剪彩，身上一身米粥不合适，得去办公室换身衣服。李雪莲上前一把拉住他：

"别跑哇，我看你就是县长。"

史为民抖着身上的粥让她看：

"你咋看我像县长？"

李雪莲：

"我打听你的车号了。车上坐的是你，你就是县长。"

史为民：

"县长的车，坐的不一定是县长，我是他的秘书。你案情这么大，我做不了主，我给你喊县长去。"

李雪莲只好撒了手。史为民一溜小跑回到办公室，一边换衣服，一边让人给信访局长打电话，让他来县政府大门口，处理一个妇女告状的事；换完衣服，另坐一辆车，从县政府后门出去，去参加"世外桃源"的剪彩。

一天无话。到了晚上，史为民又去县宾馆陪从省里到市里来的七八拨客人吃饭。车到了县宾馆门口，县信访局长在台阶上站着。县信访局长姓吕。史为民已经忘了早上妇女告状的事。见史为民下车，老吕高兴地迎上来：

"史县长，你要支持我的工作。"

史为民：

"啥意思？"

老吕：

"市信访局张局长一会儿就到，安排在888包房，你待会儿过来打个招呼。"

史为民一愣：

"没听说老张要来呀。"

老吕：

"临时打的电话。平常我就不麻烦你了，现在是关键时候，市里第一季度的信访评比，就要开始了。"

史为民伸着指头：

"你这是第九摊。"

老吕：

"喝三杯就走，你能到场喝三杯，咱就能评上头三名。"

又说：

"这可牵涉到维稳呀；一个县维稳出了问题，摘的就不是我信访局长的帽子了。"

史为民：

"我待会儿去一下不就是了，还用拿帽子来吓唬人？"

老吕笑了。这时史为民突然想起早上在县政府门口告状的妇女，便问：

"对了，清早拦车告状那个妇女，是咋回事？"

老吕不在意地挥挥手：

"一个泼妇，让我赶走了。"

史为民一愣：

"拦车不要命，写那么大一个'冤'字，咋说人家是泼妇？"

老吕：

"'冤'字是不小，芝麻大点事。"

史为民：

"啥事？"

老吕：

"去年离婚了，如今又后悔了，非说去年的离婚是假的。"

史为民：

"这么点子事，咋要告那么多人呢？她告的可都是法院的人，是不是她找了法院，法院不作为呀？"

老吕：

"我问过法院了，法院不是不作为，正是作为了，她才告法院。她说离婚是假的，法庭经过核定，离婚却是真的，能因为她告状，法院就违法给她再判成假的吗？"

史为民倒替李雪莲发愁：

"到底因为什么，离过婚又后悔了呢？"

老吕：

"就算后悔，也该去找她前夫闹呀，咋找上政府了？又不是政府跟她离的婚。"

史为民倒"噗啼"笑了：

"人家告状一肚子气，你还说这种风凉话。"

这时省水利厅一个副厅长由本县一个副县长陪着，到了宾馆门口。史为民撇下老吕，忙笑着迎上去，与副厅长握手，一块儿步入宾馆。

· 九 ·

李雪莲头顶"冤"字,在市政府门口静坐三天,市长蔡富邦才知道。一个人静坐三天蔡富邦没发现并不是蔡富邦视而不见,而是他到北京出差了。待从北京回来,才发现市政府门口有个静坐的。周边围满围观的人。到市政府上班的工作人员,倒要推着自行车躲开这人群。蔡富邦见此大为光火。蔡富邦光火不是光火李雪莲静坐,而是光火他的副手、常务副市长刁成信。蔡富邦去了北京,刁成信并没出差,竟让这件事延续三天,自己不处理,等着蔡富邦回来处理。市政府的人都知道,市长和常务副市长有矛盾。说起矛盾,蔡富邦又一肚子苦水,因为这矛盾不是他造成的,而是历史形成的。十年前,两人都是县委书记,那时两人关系还不错,常常串县喝酒;后来一起提的副市长,按姓氏笔画排列,刁成信还排在蔡富邦前头;后来交替上升，一个当了市委宣传部长，一个当了组织部长；再后来，蔡富邦走到了刁成信头里，当了市委副书记，刁成信当了常务副市长；再后来，蔡富邦当了市长，刁成信原地未动，成了蔡富邦的副手；两人贴这么紧地你上我下；或者，你上了我就不能上；没有不服气，也有了不服气；没有积怨，也有了积怨；不是对头，也成了对头。当然，对头并不在表面，会上两人仍客客气气；但在背后，刁成信常常给蔡富邦使绊子。一个人在市政府门口静坐三天，还迟迟不处理，等蔡富邦回来处理，只是众多绊子之一。蔡富邦对刁成信光火不是光火他使绊子，而是怪刁成信愚蠢，没长脑子。两人的交替上升，并不是蔡富邦决定的，而是省里决定的。如你想当市长，最聪明的做法，是支持蔡富邦的工作，使蔡富邦早一天升走，你不就是市长了？这样磕磕碰碰，刀光剑影，市里的工作搞不上去，蔡富邦永远是市长，你永远还是常务副市长。什么叫腐败？腐败并不仅仅是贪赃枉法、贪污受贿和搞女人，最大的腐败，是身在其位不谋其政。比这更腐败的，是像刁成信这样的人，身在其位在谋反政。更大的腐败是，刁成信明明在反政，你还奈何不了他，因这常务副市长不是蔡富邦确定的，同样也是省里确定的。比这些更让蔡富邦生气的是，刁成信使绊子不看时候。目前，市里正在创建"精神文明城市"。"精神文明城市"，全国才有几十个。成了"精神文明城市"，市里的形象就会大为改观，投资的硬环境和软环境，就有了一个明显的说法；与外商谈判，招商引资，也多了一个筹码。为筹办这"创建"，蔡富邦花了一年的心血，整治了全市的公园、街道、地沟、学校、农贸市场和棚户区；全市挨街的楼房，外立面都新刷了一遍。准备一年，就等一天；再有三天，中央和省里管"精神文明城市"创建的领导小组，就要来这里验收。为了这一天，蔡富邦又提前一个月，让全市的干部市民，上街捉苍蝇。机关干部，规定每人每天交十只苍蝇，跟年终考核联系在一起。苍蝇不禁捉，半个月之后，干部们十只苍蝇的指标就完不成了，个个怨声载道。而怨声载道中，全市确实不再飞一只苍蝇。蔡富邦知道怨声载道，但不过枉就不能矫正。捉过苍蝇，又让小学生唱歌，老太太跳舞。这回蔡富邦去北京，就是汇报"精神文明城市"的创建成果；回来，就准备迎接"精神文明城市"创建活动领导小组的到来。没想到一回到市里，市政府门口有一个静坐的，而且已经坐了三天，还没人出来管。说句不好听的，全市的苍蝇都消灭了，市政府门口，却出现了一只大苍蝇；这不是故意给"精神文明城市"创建活动抹黑吗？蔡富邦一到办公室，就把秘书长叫过来，指指窗外的市政府大门口，一脸恼怒地问：

"怎么回事？"

秘书长瘦得像根竹竿，抽烟，脸显得蜡黄，唯唯诺诺地说：

"一个告状的。"

蔡富邦：

"我知道是个告状的，听说坐了三天了，咋就没人管？"

秘书长：

"管了，不听。"

蔡富邦：

"刁成信这几天没来上班吗？他就视而不见吗？"

秘书长不敢挑拨领导之间的矛盾，忙说：

"刁市长管了，还亲自找她谈了，还是不听。一个妇道人家，围观的群众又多，不好动用警察，那样影响就更不好了。"

蔡富邦心里稍平静一些，但脸上更加不平：

"多大的事呀，工作做不下来，杀人了，还是放火了？"

秘书长：

"没杀人，也没放火，屁大点事。这妇女离婚了，又后悔了。我想，大概想找补点钱呗。就是事儿小，倒不好管；如是杀人放火，倒好办了。"

蔡富邦：

"哪个县的，县里就不管吗？"

秘书长：

"县里也管了，管不下来。这妇女现在不是告一个人，是告许多人。"

蔡富邦：

"都告谁呀?"

秘书长:

"正因为管不了,她当成都不管,她要告她那个县的县长,法院院长,法院的专委,还有法院的审判员,还有她丈夫,还有什么人,我一时也记不清了。"

蔡富邦倒"噗啼"笑了:

"她还真有些胆量,屁大点事,闹到这种地步。"

秘书长忙点头:

"是个犟娘儿们。"

又问:

"蔡市长,你看怎么办?"

蔡富邦又光火了:

"你看,你们说你们层层都管了,到头来,不还是推到我头上?不还是让'我看'吗?三天后,'精神文明城市'创建活动领导小组就要到市里来了,还能怎么办?赶紧把她弄走,有什么事,一个礼拜之后再说。"

蔡富邦说这话时是上午。上午,李雪莲仍在市政府门口坐着,头顶一个"冤"字;下午仍在静坐,没有人管;到了晚上,围观的人散去,就剩李雪莲一个人。李雪莲从馍袋里掏出一个干馍,正往嘴里送,几个穿便服的警察,一拥而上,不由分说,便把李雪莲架走了。市长蔡富邦只说把李雪莲弄走,并没说弄到哪里去，说过这话，就忙乎别的去了；但他的指示一层层传下来，从市政府到市公安局，从市公安局到区公安分局，又到市政大道东大街派出所，指示早已变了味儿，成了市长发了脾气，让把这妇女关起来。几个警察把李雪莲架走，不由分说，以"扰乱社会秩序罪"，把李雪莲关进了拘留所。

· 十 ·

三天之后，市里"精神文明城市"创建活动被合格验收，该市成为"精神文明城市"；七天之后，李雪莲从拘留所被放了出来。"精神文明城市"的创建和李雪莲的告状，二者本来没有联系，但因为"精神文明城市"的创建，李雪莲被关了进去，二者就有联系了。但李雪莲被放出来，并没有追究"精神文明城市"的创建。市里人人都知道，抓李雪莲是市长蔡富邦下的命令；人人都知道了，李雪莲也知道了；李雪莲从拘留所出来，并没有去找蔡富邦，也没有继续在市政府门前静坐，而是返回了自己县，又返回到自己镇上，去找在镇上杀猪卖猪肉的老胡。老胡仍在集上卖肉，肉案子上扔的是肉，肉钩子上挂的也是肉。李雪莲远远喊：

"老胡，过来，跟你说句话。"

老胡正在案前埋头切肉，抬头看到李雪莲，吃了一惊。他放下手中的刀，跟李雪莲来到集后僻静处，来到废弃的磨坊。老胡：

"宝贝儿，听说你被拘留了？"

李雪莲一笑：

"这不又出来了吗？"

老胡看李雪莲，又感到诧异：

"不像从拘留所出来的呀，小脸咋红扑扑的？"

又往前凑：

"身上还香喷喷的。"

李雪莲：

"我喜欢拘留所，在里边啥心都不用操，一天三顿，还有人给你送饭。"

李雪莲说了假话。在拘留所七天，受的罪就不用提了。一间小黑屋，关了十几个妇女，横竖转不开身；一天三顿，一顿一个窝头，一块咸菜，根本吃不饱；还有解手，不是想解手就解手，非等到放风的时候；许多妇女等不到放风的时候，便将尿撒在了黑屋子里；李雪莲也撒过；屋里的味道就不用说了。比这些更让人难受的是，关在黑屋子里，整天不让说话；吃不饱闻骚味可以忍着，不让说话就把人憋死了。李雪莲从拘留所出来，先跑到麦苗田里吸了半天气，又对着远处的群山喊了几声：

"我操你妈！"

然后去镇上澡堂洗了一个澡；回到家，又换了身新衣服，往脸上抹了许多香脂；抹过香脂，又打了腮红，才来见老胡。老胡眼粗，也没看出来。李雪莲：

"老胡，你还记得你一个月前说的话吗？"

老胡：

"啥话？"

李雪莲：

"你说你要帮我杀人。"

老胡诧异：

"我是说过呀，你当时不让哩，你非让我帮你打人。"

李雪莲：

"当时不让杀，现在想杀了。"

老胡转着眼珠：

"如果是杀人，那就得先办事，后杀人。"

李雪莲：

"行。"

老胡高兴得手舞足蹈，上来就摸李雪莲的奶子：

"啥时候办？就今儿吧。"

李雪莲捺住老胡的手：

"知道杀谁吗？"

老胡：

"不是秦玉河吗？"

李雪莲：

"除了秦玉河，还有呢。"

老胡吃了一惊：

"还有谁？"

李雪莲从口袋里掏出一张纸，纸上写着一个名单：

市长蔡富邦

县长史为民

法院院长荀正义

法院专委董宪法

法院法官王公道

王八蛋秦玉河

老胡看了这名单，蒙了：

"宝贝儿，进了一回局子，把你气糊涂了吧？"

李雪莲：

"这些人，个个都太可恶了。"

老胡嘴开始结巴：

"我一个人,杀得了这么多吗?"

又说:

"还有,除了秦玉河,个个都是当官的,身边一天到晚围着人,也不好下手呀。"

李雪莲:

"杀几个算几个,我这心里憋得呀。"

老胡一下子厌了,抱着头蹲到磨道里,往上翻白眼:

"你觉得我这生意值吗?弄你一回,要杀六个人。"

又抱住头:

"你以为我是黑社会呀?"

李雪莲照地上啐了一口:

"早知道你在骗我。"

眼中不禁涌出了泪。又踢了老胡一脚,转身走了。

· 十一 ·

告别老胡，李雪莲决定不杀人了。不但不杀人，也不打人了。不但不打人，连状也不告了。她突然悟出，折腾这些没用。原想折腾别人，谁知到头来折腾了自己。但她心里还是不服，还想把这事说清楚。找普天下的人说不清楚，找一个人能把这事说清楚；普天下的人都说李雪莲是错的，唯有一个人知道李雪莲是对的；普天下的人，都说李雪莲去年离婚是真的，唯有一个人，知道这事情的真假，知道这事情的来龙去脉；也正是这个人，把李雪莲推到了说不清事情真假的地步，还在拘留所被关了七天；这个人不是别人，就是她的前夫秦玉河。她想当面问一问秦玉河，去年离婚到底是真还是假。现在问这句话的目的，跟前些天不一样；前些天倒腾这句话是为了打官司，现在不为打官司，不再是弄清真假之后，还要与秦玉河再结婚再离婚，让秦玉河也跟他现在的老婆离婚，大家折腾个够，大家折腾个鱼死网破，而是就要一句话。世上有一个人承认她是对的，她就从此偃旗息鼓，过去受过的委屈也不再提起。李雪莲无法将真相证明给别人，只能证明给自己。就此了结既是为了了结过去，也是为了开辟未来。李雪莲今年二十九岁，说小不算小，说大不算大；但李雪莲长得不算难看，大眼睛，瓜子脸，要胸有胸，要腰有腰，不然杀猪的老胡见了她，也不会像苍蝇见了血；她不能把青春，浪费在这些没用的事情上；她准备放下过去的恩怨，开始找新的丈夫。等找到新的丈夫，带着女儿，踏踏实实过新的日子。

为了了结过去，也为了开辟未来，李雪莲又去了一趟县城西关化肥厂，去找秦玉河。一个月前，李雪莲来找过秦玉河一趟。当时是为了把他骗回镇上杀了。为了骗他，还把两个月大的女儿抱来了。但在县化肥厂寻了个遍，没有找到秦玉河，秦玉河开货车到黑龙江送化肥了；像李雪莲的弟弟李英勇，不帮李雪莲杀人，躲到山东一样；他也躲了。还亏秦玉河当时躲了，当时他不躲，说不定就把他杀了。他当时被杀了，如今李雪莲在哪里？说不定就在监狱，等着挨枪子了，也就没有今天第二回找秦玉河了。上回在化肥厂寻了个遍，没有找到秦玉河；这回李雪莲还没进化肥厂，就看到了秦玉河。秦玉河正坐在化肥厂大门口一家饭馆前，在悠然自得地喝啤酒。而且不是一个人，桌子四周，还散坐着五六个其他的男人。李雪莲认出，其中一个络腮胡子叫老张，也在化肥厂开货车。他们边喝啤酒，边说说笑笑。化肥厂门口左边，是一家收费厕所；右边，是这家饭馆。饭馆距厕所不过一箭之地，但大门两侧，上厕所的上厕所，吃饭的吃饭，喝啤酒的喝啤酒。自上次李雪莲在法院打官司，王公道判李雪莲败诉之后，秦玉河不再躲李雪莲了，秦玉河又开始光明正大地生活了，秦玉河不再去黑龙江送化肥了，又开始在化肥厂门口，跟朋友喝啤酒了。秦玉河以为这件事已经过去了。李雪莲看到秦玉河跟一帮人在喝啤酒，秦玉河一帮人却没发现李雪莲来了。李雪莲上前一步，喊了一声：

"秦玉河。"

秦玉河扭头，突然发现李雪莲，倒吃了一惊。不但他吃了一惊，他身边的几个朋友也吃了一惊。但秦玉河很快镇定下来：

"干吗？"

李雪莲：

"你过来一下，我跟你说句话。"

秦玉河看看左右的朋友，没动窝，想了半天，说：

"啥话？有啥话，就在这儿说吧。"

李雪莲：

"这话只能咱俩说。"

秦玉河不知李雪莲的来意和用意，反倒更不动了：

"有啥话，就在这儿说吧。咱俩的事，闹得全县全市都知道了，没啥背人的。"

李雪莲想了想，只好说：

"那我就在这儿说了。"

秦玉河：

"说吧。"

李雪莲：

"既然当着众人，你就当着众人说一句实话，咱俩去年离的那场婚，到底是真的还是假的？"

秦玉河见李雪莲又提这事，不禁恼了。他没料到李雪莲再问这话，是为了了结这事，李雪莲想得到的，就是他一句话；反以为李雪莲再问这话，又要旧事重提，重新折腾一番。他闷着头答：

"是真是假，你不是到法院告我了吗？法院是咋说的？"

李雪莲：

"法院判我输了。今天我不管法院，也不管别人，我就想问问你，法院判的对不对？去年离婚，到底是真的还是假的？"

秦玉河更看出李雪莲是要纠缠下去，仍要折腾个鱼死网破，问这一句话，还不定今后当啥使呢；她身上不会藏着录音

机吧?便黑着脸说:

"我不跟你胡搅蛮缠,是真是假,法院已经判了,你还有什么话,还去法院告我吧。"

李雪莲不禁哭了:

"秦玉河,你真没良心,你咋能睁着眼睛说瞎话呢?你咋能说话不算话呢?去年离婚时明明说好是假的,你咋一声招呼都不打就变了呢?你变了没啥,还与人合伙陷害我;明明是假的,咋就说不成假的呢?"

见李雪莲哭了,秦玉河更火了:

"谁陷害你了?我陷害你,从法院到各级政府也陷害你吗?李雪莲,我还劝你,事到如今,你就别胡搅蛮缠了;再胡搅蛮缠,一件事,就变成另一件事了;就算我冤枉你,从法官到法院专委,从专委到法院院长,从法院院长到县长,再到市长,都在冤枉你吗?现在你不闹,事情还小,只是被拘留;再闹下去,事儿就大了,说不定还要蹲监狱呢!"

又说:

"你现在是与我作对吗?从法官到法院专委,从专委到法院院长,从院长到县长,再到市长,你都与人家作对,你想想,你会有好果子吃吗?"

李雪莲来找秦玉河的目的,本来不想再纠缠下去了,就为得到秦玉河一句话;正是秦玉河这番话,把李雪莲的火又点着了。秦玉河已不是过去的秦玉河了,秦玉河变了。秦玉河与她在一起的时候,一个货车司机,虽然也耍过浑,但还是讲道理的,遇事也让李雪莲三分;没想到一年过去,他们就成了仇人,他就变得浑不吝了。如不是浑不吝,他也不会另找一个老婆;如不是浑不吝,也不会把两人要说的话,非当着众人来说。比这更气人的是,说话之间,他把法官、法院专委、法院院长、县长、市长,都拉到了他那一边,好像是他们家亲戚,使李雪莲这边,成了孤零零一个人。但一个月的事实不正是如此吗?法官、法院专委、法院院长、县长、市长,不都跟秦玉河站到一起了吗?比这更气人的是,秦玉河说完这些话,照地上啐了一口唾沫,抄起酒瓶,仰起脖子,"咕咚""咕咚"喝了几口啤酒。李雪莲身上没带刀子;如果带着刀子,就会马上扑上去,杀了秦玉河。倒是秦玉河的朋友老张,这时站起来劝李雪莲:

"雪莲,这事儿一时半会说不清楚,你还是先回去吧。"

李雪莲没走,而是又哭了:

"秦玉河,我们好歹是夫妻一场,你的心咋就这么狠呢?"

又哭:

"官司的事我不管了,县长市长我也不管了,我只是想问问,趁着我怀孕,你跟人胡搞,你还有没有良心?"

秦玉河见李雪莲提他胡搞的事,更加恼羞成怒。秦玉河仰脖子"咕咚""咕咚"又喝了几口啤酒,又朝地上啐了一口唾沫：

"这事你问不着我，该问你自己。"

李雪莲一愣：

"啥意思？"

秦玉河：

"要说跟人胡搞，我早吃着亏呢。"

李雪莲：

"啥意思？"

秦玉河：

"嫁我的时候，你是个处女吗？新婚那天晚上，你都承认，你跟人睡过觉。"

接着又补了一句：

"你是李雪莲吗，我咋觉得你是潘金莲呢？"

李雪莲如五雷轰顶。如果不是伸手能扶着墙，李雪莲会晕到地上。她万万没想到，秦玉河会说出这种话来。今天之前，她折腾的是她和秦玉河离婚真假的事，没想到折腾来折腾去，竟折腾出她是潘金莲的事；本来她折腾的是秦玉河，没想到折腾到自己身上。李雪莲当姑娘时算漂亮的，有许多男的想跟她好；在李雪莲与秦玉河结婚之前，李雪莲谈过几回恋爱；有两个跟她好到了一定程度，就发生了关系。后来因为种种原因没成，最后嫁给了秦玉河。新婚晚上，秦玉河发现李雪莲不是处女，追问这事，李雪莲就如实说了。可如今天底下，十八岁靠上的女人，有几个会是处女？当时能看出秦玉河不高兴，但别扭几天，事情也就过去了，没想到这事一直存在秦玉河心里，八年之后又旧事重提。还不是旧事重提，而是张冠李戴。潘金莲与西门庆勾搭成奸是在与武大郎结婚之后，李雪莲与人发生关系是结婚之前，那时与秦玉河还不认识；更何况，李雪莲并没像潘金莲那样，与奸夫谋害亲夫，而是秦玉河另娶新欢在陷害她。李雪莲也能看出，秦玉河说这话也是一时冲动，说这事不是为了说这事，而是为了摆脱自己的尴尬和恼怒；或者，为了摆脱李雪莲的纠缠。正因为这样，李雪莲觉得这事突然变大了。因为，秦玉河说这话时，身边不是就他们两个人，周遭还有一大群喝啤酒的人。俗话说得好，好事不出门，坏事传千里；明天早上，李雪莲是潘金莲这事，就会传遍全县，后天就会传遍全市；因为告状，李雪莲已经在全县全市成了名人。潘金莲这事，可比离婚真假有趣多了；离婚真假，马上就显得不重要了。比这些还重要的是，如果李雪莲成了潘金莲，不管秦玉河与她离婚真假，都情有可原，谁愿意跟潘金莲生活在一起呢？换句话，有李雪莲成了潘金莲垫底，秦玉河干什么都是应该的。李雪莲马上由原告变成了元凶。这话毒还毒在这个地方。李雪莲来的时候，本来是要结束过去开辟未来，开始找新的丈夫；如今头上戴着一顶潘金莲的帽子，想开辟未来也不可能了。

世上还有谁，愿意娶一个潘金莲呢？见李雪莲在那里扶着墙打晃，化肥厂的老张倒呵斥秦玉河：

"老秦，过分了啊，把一件事说成了另一件事。"

又呵斥：

"俗话说得好，打人不打脸，骂人不揭短。"

又劝李雪莲：

"雪莲，这事儿会越说越乱，你还是先回去吧。"

李雪莲撸了一把鼻涕，转身就走了。她走不是听了老张的劝，而是一个新的主意，又产生在她的心头。既然开辟不了未来，只好还纠缠过去。过去纠缠过去是为了证明离婚的真假，现在纠缠过去还为了证明她不是潘金莲；过去说这事纯粹为了惩罚秦玉河，现在说这事还为了证明李雪莲的清白。问题的复杂性在于，李雪莲是不是潘金莲这事，是由她跟秦玉河离婚的真假引起的；或者，为了证明李雪莲不是潘金莲，先得回头说清楚离婚的真假。两件事情本来没有联系，如今让秦玉河这么一说，两件事扭成麻花，就搅到了一起。老张那句"打人不打脸，骂人不揭短"的话，也刺激了李雪莲，可见大家已经把秦玉河的话当真了，已经把这当成她的"短处"了，已经把她当成潘金莲了。本来她不准备闹了，不准备折腾了，现在又要重新折腾。可到哪里折腾呢？该折腾的地方，她过去已经折腾了，从县里到市里，能告状的地方，她已经告遍了，也让她得罪遍了；

过去告了，没用；重新告，也不会有用，说不定还会被关起来；她突然下定决心，要离开本地，直接状告到北京。这件事说不清楚，李雪莲难活下去。本地都是糊涂人，北京是首都，北京总该有明白人吧？本地从法官到专委，从法院院长到县长，再到市长，都把假的当成真的，北京总能把真的当成真的吧？或者，总能把假的当成假的吧？真假不重要，关键是，我是李雪莲，我不是潘金莲。或者，我不是李雪莲，我是窦娥。

·十二·

李雪莲去北京没去对时候。她不了解北京，北京也不了解她。她去北京告状的时候，正是"全国人民代表大会"在北京召开期间。两件事本来毫无联系，因为时间撞到了一起，也就有了联系。"全国人民代表大会"召开期间，北京不准闲杂人等进入。何谓闲杂人等，没有明确规定，凡是不利于大会召开的，皆属闲杂人等。过去在北京街头捡破烂的，乞讨的，偷东西的，在发廊卖淫的，还有就是告状的，一夜之间，统统都不见了。李雪莲去北京坐的是长途汽车。本来她想坐火车，因火车票比长途汽车票贵十五块钱，她就坐了长途汽车。摇摇晃晃，坐了一天半夜，长途汽车到了河北与北京交界的收费站，李雪莲终于知道北京在开"全国人民代表大会"。因为收费站停了十几辆警车，警车上闪着警灯；每辆进京的汽车，都要接受检查。路边停满了被拦下的长途汽车、货车、面包车和小轿车。李雪莲乘坐的长途汽车,也被拦在路边。车太多,接受检查也要排队。排了两个钟头,终于有两个警察,上了李雪莲乘坐的长途汽车。警察上来,挨个检查乘客的证件、行李,盘问去北京的理由,盘查去北京的证明。乘客回答去北京的理由五花八门,有出差的,有做生意的,有投奔亲戚的,有看病的,还有一个是寻找丢失孩子的……盘查一番,有的乘客过了关,有的人被警察赶下了车。被赶下车的,也都默不作声。李雪莲看了半天,没弄清警察放行或赶人的标准。终于,一个警察检查到了李雪莲。先看了李雪莲的身份证,又问:

"到北京干什么去?"

李雪莲知道自己不能回答出差,也不能回答去北京做生意,也不能回答去北京找孩子,她看上去都不像;更不能回答去北京的真实原因:告状;便随着前排一个乘客说:

"看病。"

边回答,边将头靠到窗户上,做出病恹恹的样子。警察盯着她:

"看啥病?"

李雪莲:

"子宫下垂。"

警察脸上的肌肉抖了一下,接着问:

"去北京哪家医院？"

李雪莲有些蒙。因为她没去过北京，更没去北京看过病，不知道北京都有哪些医院，及各医院的深浅，便随口答：

"北京医院。"

李雪莲答"北京医院"是顾名思义；警察看了李雪莲一眼，接着往下盘问；李雪莲松了一口气，知道北京确实有家"北京医院"。警察又问：

"你的病历呢？"

李雪莲一愣：

"病历，啥病历？"

警察有些不耐烦：

"你去医院看病，过去的病历呢？"

李雪莲灵机一动：

"我这是第三回去北京看病呀，过去的病历，都落在北京医院了。"

警察看李雪莲半天，不再纠缠"病历"的事，又问：

"你的证明呢？"

李雪莲：

"证明？啥证明？"

警察又开始不耐烦：

"你咋啥也不懂？现在是'人大'期间，凡是去北京的，都得有县以上政府开的介绍信；不然你说你去北京看病，谁给你证明呀？"

李雪莲傻了，她确实不知道"人大"召开期间，去北京要开介绍信，而且是县政府的介绍信；就是知道，她去县政府开介绍信，县政府也不会给她开；便说：

"不知道要开'人大'，把这事忘了。"

警察终于抓住了李雪莲的漏洞，松了一口气：

"那不行，没有证明，你不能去北京。"

李雪莲：

"耽误我看病咋办？"

警察：

"'人大'开会，也就半个月。半个月后，你再去北京。现在下车。"

李雪莲的犟劲上来了，坐在那里不动：

"我不下车。"

警察：

"别人都下，你为什么不下？"

李雪莲：

"我子宫都垂到外边了，耽误不起。"

警察脸上的肌肉又抖了一下，接着喝道：

"两回事啊，别胡搅蛮缠，也就半个月。"

李雪莲站起来：

"要我下车也行，你得负责任。"

警察一愣：

"我负什么责任？"

李雪莲：

"其实北京我也不想去，钱花光了，病也不见好，早不想活了。你要让我下车，我不等半个月，我下车找棵树就上吊。"

警察愣在那里。李雪莲盯住警察胸前的警号牌：

"我记住了你的警号，我会在遗书上，写上是你逼的。"

警察更愣了，嘴张着，半天合不拢。待合拢，朝窗外啐了一口唾沫，嘟囔一句：

"你这娘儿们，倒难缠了。"

又摇头：

"刁民，全是刁民。"

皱了皱眉，越过李雪莲，开始盘问下一排座位上的乘客。

夜色中，李雪莲往窗外舒了一口气。

· 十三 ·

李雪莲头一回进北京，到了北京，有些晕头转向。她首先觉得北京大，比村里、镇上、县城和市里都大，大得漫无边际。坐在公交车上，走走是高楼大厦，走走又是高楼大厦；走走是立交桥，走走又是立交桥。另外她在北京转了向。李雪莲从小学课本上就学到，天安门在长安街的北边，当她坐着公交车从天安门广场穿过时，却发现天安门在长安街的南边；用村里的方位校正半天，还是没有矫正过来；看来在北京期间，就要以南为北，以东为西了。比这更要命的是，李雪莲来北京是为了告状，待到了北京，却不知道该到哪里告状，该向谁告状；这些该去告状的地方在哪里，能够接受她告状的人，又住在哪里。幸好"全国人民代表大会"召开了，李雪莲知道，"全国人民代表大会"，一定在人民大会堂召开；而人民大会堂，就在天安门的西侧；当然，在李雪莲看来，是在东侧；"全国人民代表大会"召开的地方，一定是有头有脸的人去的地方，而且不是一般的有头有脸；李雪莲灵机一动，决定在北京待下之后，趁着"全国人民代表大会"召开，到天安门广场去静坐；一静坐，说不定就能引起在大会堂里开会的有头有脸人的注意。

为了在北京待下来，为了安置自己，李雪莲投奔了一个中学同学。这个中学同学叫赵敬礼，当年在班上，与李雪莲坐前后桌，坐了六年。赵敬礼长颗大头；大头正头顶，又凹进去一坑，成了葫芦形。"赵敬礼"是赵敬礼的大名，但班上无人喊他"赵敬礼"，都喊他"赵大头"。久而久之，喊"赵大头"有人答应，冷不丁有人喊"赵敬礼"，赵敬礼自个儿，都不知道在喊谁。初中三年，两人没说过话；从高中一年级起，李雪莲知道赵大头对她有意思。赵大头从小没有娘，他爹是镇上一个裁缝；赵大头有三个弟弟；一个爹，整天踏一台缝纫机，养活赵大头哥儿四个，家里并不宽裕；但从高中一年级起，赵大头三天两头给李雪莲带"大白兔"奶糖，从课桌后悄悄递过来。也不知他的钱从哪里来的。"大白兔"糖送了两年多，也不见赵大头有什么表示。还是高中快毕业了，一天在上晚自习，李雪莲出教室解手，从厕所回来，赵大头在教室门口候着。看看左右无人，赵大头说：

"李雪莲，我想跟你说句话。"

李雪莲：

"说吧。"

赵大头：

"得找个地方。"

李雪莲：

"找吧。"

赵大头把李雪莲领到学校后身打谷场上。周围的夜是黑的。李雪莲：

"你要说啥？"

赵大头啥也没说，上来就抱李雪莲，接着就要亲嘴。由于动作太直接，中间也没个过渡，李雪莲有些措手不及。措手不及之下，本能地推了赵大头一把。赵大头脚下一绊，跌倒在地。如果换一个男生，爬起来还会亲李雪莲；几经纠缠，几经掰扯，哪怕李雪莲说"我要急了"，"我要喊了"，仍继续撕扯，好事也就成了；没想到赵大头跌了一跤，从地上爬起来，看了李雪莲一眼，愣愣地说了一句：

"我以为咱俩已经好了呢。"

又说：

"千万别告诉其他同学。"

转身就跑了。赵大头跑了，李雪莲气得"咯咯"笑了。搂她亲她她没生气，转头跑了，李雪莲就生气了。第二天两人再见面，赵大头低着头，红着脸，不敢再看李雪莲。这时李雪莲知道，赵大头是个老实孩子。李雪莲赌气，也不理赵大头。接着高中毕业，李雪莲没考上大学，赵大头也没考上大学；李雪莲回到了村里，赵大头的一个舅舅，在省城一个宾馆当厨子，赵大头就跟他舅舅到省城学厨子去了。后来他舅舅被调到这个省驻北京的办事处当厨子，赵大头也跟来了；后来他舅舅退休回了老家，赵大头就一个人留在了北京。李雪莲到北京举目无亲，认识的所有人中，只有赵大头在北京，于是便想投靠赵大头。但中学时候，她吃了两年多赵大头的"大白兔"，打谷场上，又将赵大头吓了回去，她担心赵大头记仇。李雪莲也想好了，如赵大头不记仇，她就有了落脚处；如赵大头记仇，她转头就走，另寻一个住处。这个住处李雪莲也想好了，就是火车站。虽然北京火车站她没去过，但她知道，普天下的火车站，一到晚上，屋檐下都可以睡人。

虽然知道赵大头在省驻京办事处工作，但李雪莲找到省驻京办事处，还是几经周折。李雪莲打听着，换了八回公交车；有三回还倒错了，走了不少冤枉路；清晨到的北京，一晃到了晚上，才找到那个省驻京办事处，赵大头当厨子的地方。办事处是一幢三十多层高的大厦。到了办事处，却发现这个大厦她进不去。大厦前脸有个院落，院落门口有座牌坊；沿着牌坊，拉着警戒线；警戒线处，有五六个门卫守着，不让人进。原来这里住着这个省参加"全国人民代表大会"的一百多名代表。李雪莲走上前去，门卫以为李雪莲是来住宿的；打量她的衣着，又不像住得起这大厦的人；但一个门卫仍客气地说：

"别处住去吧，这里住着人大代表。"

李雪莲终于明白，自己与"全国人民代表大会"又一次撞上了。但她并无惊慌，看着里面说：

"我不住宿，我找我亲戚。"

另一个门卫问：

"你亲戚也来开人代会呀？"

李雪莲摇头：

"他不开人代会，他在这里当厨子，他叫赵敬礼。"

这个门卫低头想了想：

"这里的厨子我都熟，没有一个叫赵敬礼的人呀。"

李雪莲愣在那里：

"全县人都知道，他在这里做饭呀。"

接着开始着急：

"咋会不在这里呢？我跑了两千多里呀。"

见李雪莲着急，另一个门卫加入帮着想：

"后厨咱都熟呀，确实没有一个叫赵敬礼的。"

李雪莲突然想起什么：

"对了，他还有一个名字，叫赵大头。"

一听"赵大头",五六个门卫全笑了:

"原来是大头呀。"

一个门卫说:

"你不早说。你等着,我给你喊去。"

五分钟之后,赵大头就出现了。穿着一身白制服,戴着一顶高筒白帽子。大模样还有中学时候的模样,只是胖了几圈——上中学时,赵大头是个瘦子,一根麻秆,顶个大头,现在成了个大胖子;头倒显得小了,缩在高筒帽里。走在街上,李雪莲肯定认不出这是赵大头。赵大头一见李雪莲,先是一愣,接着马上认了出来,猛地拍了一下巴掌:

"哎哟我的娘啊,你咋来了?"

开始咧着大嘴笑。李雪莲放下心来,知道十多年过去,赵大头没记中学时代的仇。李雪莲:

"我去东北看俺姑,回来路过北京,看你来了。"

赵大头上前一步,抢过李雪莲的提包:

"快进去喝水。"

没想到一个门卫伸手拦住李雪莲,对赵大头说:

"大头,有话外边说吧,正开人代会呢,陌生人不准入内。"

赵大头一愣;李雪莲也一愣,担心进不去大厦;没想到赵大头愣后,一把推开门卫:

"日你娘,这是我亲妹,是陌生人吗?"

这个门卫:

"这是规定。"

赵大头照地上啐了一口:

"看门当个狗,还拿鸡毛当令箭了,里边住的都是你爹?你爹坐月子呢,怕招风不能见人?"

那门卫脸倒红了,也有些想急:

"大头,有话好说,咋骂人呢?"

赵大头:

"我骂你不是不让我妹进,是骂你忘恩负义。你天天去厨房,我让你占过多少便宜?昨天我还给你切过一块牛筋肉呢。我不骂你,我打你个王八羔子。"

扬巴掌就要打他。这门卫红着脸,一边说:

"你等着,我回头汇报领导。"

一边捂着头,往牌坊前的石狮子身后躲。其他几个门卫都笑了。李雪莲看出,赵大头小时候是个窝囊孩子,现在变了。

赵大头领着李雪莲越过警戒线,进了院落;但他并没有领李雪莲进大厦,而是领她沿一条小路,绕到大厦后身。后身有一座两层小楼,当头一块牌子:"厨房重地"。进了重地,又领李雪莲进了一间储藏室;储藏室里有床铺;李雪莲明白:原来这里是赵大头的住处。赵大头解释:

"也是领导的信任,边住宿,边看仓库。"

接着让李雪莲洗脸,又给她倒茶,又去后厨,一时三刻,端来一碗热腾腾的打卤面。吃完喝完,已是晚上九点。赵大头问:

"到北京干啥来了?"

李雪莲没敢说自己来告状,仍说:

"不是给你说了,去东北看俺姑,回来路过,顺便玩玩,我没逛过北京。"

赵大头搓着手:

"逛逛好,逛逛好。"

又说:

"你晚上就住这儿。"

李雪莲打量:

"我住这儿,你住哪儿?"

赵大头:

"这里我熟,能住的地方有十个,你不用操心。"

又说:

"洗洗早点睡吧。我还得去给人大代表做夜宵。"

晚上李雪莲就住在赵大头的床上。赵大头晚上住哪儿,李雪莲就不知道了。第二天一早,李雪莲还没起床,外边有人"嘭嘭"敲门。李雪莲披衣起身,打开门,赵大头一脸着急:

"快,快。"

李雪莲以为自己住在这里被人发现了，要赶她走，一惊：

"咋了？"

赵大头：

"你昨天不是说来逛北京吗？我请了假，今儿带你去长城。咱得早点去前门坐车。"

李雪莲松了一口气，但接着又一愣。她来北京并不是来逛，而是来告状；但昨天顺口说过"逛"，没想到赵大头当了真；又看赵大头这么当真，一怕拂了赵大头的好意，二是昨天刚刚说过的话，不好马上改口；一改口，再露出告状的马脚，事情就大了；再说，告状也不是一天的事，全国人民代表大会，要开半个月呢；正因为不是一天的事，也就不差这一天；便急忙刷牙洗脸，与赵大头去了前门，又一块儿坐旅游车去了长城。一天逛下来，李雪莲满腹心事，也没逛出个名堂，没想到赵大头逛出了兴致。第二天，又带李雪莲去了故宫和天坛。天坛门口有个美发厅，又带李雪莲去烫了个头。头发烫过，赵大头打量李雪莲：

"利索多了，马上变成了北京人。人土不土，就在发型。"

自个儿"嘿嘿"笑了。李雪莲看着镜中的自己，也不好意思地笑了。烫过头发，赵大头又请李雪莲吃"老北京涮肉"。火锅冒着热气。吃着涮肉，李雪莲突然有些感动，对热气和火锅对面的赵大头说：

"大头,我来北京这两天,耽误你不少时间,又让你花了这么多钱,真不好意思。"

赵大头一听这话,倒有些生气:

"啥意思?拿我当外人?"

李雪莲:

"没当外人,就是说说。"

赵大头高兴了,用手拍着桌子:

"事情还不算完。"

李雪莲:

"咋了?"

赵大头:

"明天带你去颐和园,那里能划船。"

当天夜里,李雪莲躺在赵大头床上,开始睡不着。前两晚睡得挺好,今晚竟睡不着了。从去年到今年的种种变故,从上个月到现在的告状经历,都涌上心头。没想到一个告状这么难。没想到把一句真话说成真的这么难。或者,与秦玉河离婚是假的,没想到把一个假的说成假的这么难。更没想到为了一句话,又牵扯出另一句话,说她是潘金莲。更没想到为了把话说清楚,竟一直告状到北京。到北京告状,还不知怎么个告法,只想出一个到天安门广场静坐;到天安门广场静坐,还不知静坐的结果。赵大头虽好,赵大头虽然比自己在北京熟,但别的事能跟他商量，这件事倒不能商量。不由叹了一口气。又突然想起自个儿的女儿。自上个月告状起，一直在另一个同学孟兰芝家托着。送去时两个月大，现在已经三个月大了。事到如今，也不知孩子怎么样了。自孩子生下来，只顾忙着跟秦玉河折腾，只顾忙着告状，还没给孩子起个名字。又想着自己到北京是来告状，并不是来闲逛，别因为跟着赵大头闲逛，耽误自己的正事。虽然李雪莲不懂告状，但知道告状像任何事情一样，也是赶早不赶晚。翻来覆去间，突然听到门锁转动的声音。李雪莲心里一紧，身子也一紧。黑暗中，看到门悄声开了，接着闪进一个身影。看那胖胖墩墩的轮廓，就是赵大头。李雪莲知道，两天逛北京的结果，终于出现了。李雪莲闭着眼睛，一动不动；觉着赵大头蹑手蹑脚到了床前，接着趴到她脸上看。这样僵持了五分钟，李雪莲索性睁开眼睛：

"大头，别看了，该干吗干吗吧。"

黑暗中，李雪莲突然说了话，倒把赵大头吓了一跳。接着李雪莲打开灯，赵大头尴尬地站在地上。他只穿着内衣，上身一件背心，下身一件衬裤，凸着个大肚子。李雪莲让赵大头"该干吗干吗"，赵大头倒有些手足无措。也许，正是因为李雪莲这句话，把赵大头架在了那里，赵大头下不来了。赵大头满脸通红，在地上搓着手：

"瞧你说的，把我想成什么人了？"

慌忙假装在储藏室找东西：

"我没别的意思，就是来找酵母。半夜发面，早上还得蒸油旋呢。不瞒你说，咱省的省长，最爱吃我蒸的油旋。"

李雪莲披衣坐起来：

"让你干你不干，你可别后悔。"

赵大头愣在那里。李雪莲：

"要不然，这两天，不是白逛了。"

这句话，又把赵大头架在那里。赵大头指天画地：

"李雪莲，你什么意思？逛怎么了？我们同学整六年呢。"

李雪莲这时说：

"大头，明儿我不想去颐和园了。"

赵大头：

"你想去哪儿？"

李雪莲不好说明天要到天安门广场，便说：

"明天我想去商场，给孩子买点东西。"

赵大头兴致又上来了：

"商场也行啊，我陪你去。"

李雪莲：

"我不想耽误你工作。"

赵大头：

"我不说过了，我请假了。只要你在北京，你去哪儿，我就去哪儿。"

李雪莲又将自己的外衣脱下：

"大头，你就别忙活了。你要想干啥，现在还来得及。"

赵大头张眼看李雪莲。看半天，又蹲在床边抽烟。突然说：

"瞧你说的，就是想干啥，也得给我点时间呀。"

见他这么说，李雪莲"噗嗤"笑了。十几年过去了，赵大头看似变了，谁知还是个老实孩子。便说：

"大头，明儿我想一个人出去，你就让我一个人出去吧。俗话说得好，也给我点私人空间。"

见李雪莲这么说，赵大头也不再坚持了，也笑了：

"你要真想一个人出去，你就一个人出去。其实，陪你跑了两天，厨师长也跟我急了。"

李雪莲又笑了。扳过赵大头的脑袋，照他脸上亲了一口。

第二天一早，李雪莲换了一身新衣服，走出赵大头的屋子，走出"厨房重地"，要去天安门广场。换新衣服，也是为了跟天安门广场相符；如一身邋遢，像个上访的，说不定还没进天安门广场，就被警察抓住了。一个月前决定告状时，李雪莲买了身新衣服，一个月没用上，现在终于派上了用场；在老家没派上用场，在北京派上了用场。但刚转过大厦，来到前院的花池子前，被一人当头喝住：

"哪儿去？"

李雪莲吓了一跳。扭头看,是一中年男人,粗胖,一身西服,打着领带,左胸上别着办事处的铜牌,看上去像办事处的领导。李雪莲以为自己在赵大头这里偷住被他发现了;又听他问李雪莲"哪儿去",并没问她"住在哪儿",又有些放心;但回答"哪儿去",匆忙间也不好回答,因为不能告诉他实话,说自己要去天安门广场静坐;一时也想不出别的由头,只好答:

"出去随便遛遛。"

那人生气地说:

"别遛了,赶紧搬吧。"

李雪莲愣在那里:

"搬啥?"

那人指指花池子台阶上四五捆纸包,又指指大院门口:

"这些材料,快搬到车上,不知道今天要做'政府工作报告'呀?"

又说:

"快点快点,代表们马上要去大会堂开会了。"

李雪莲这时发现,大院门口警戒线外,一拉溜停了七八辆大轿车。大轿车发动着,上边坐满了人。这些人在车上有说有笑。大概这中年男人看李雪莲衣着干净,北京发型,又从大厦后身转出来,以为她是大厦的工作人员。李雪莲也知他误会了,但见他支使自己,也不敢不搬花池子上的纸包,怕由不搬纸包，露出在这里偷住的破绽。再说，白搬几个纸包，也累不死人。李雪莲弯腰搬起这四五捆纸包。不搬不知道，一搬还很重。搬着走着，把纸包搬到了末尾一辆大客车上。一上大客车，车上又有人喊：

"放车后头。"

李雪莲打量车上，车上坐着这个省一部分人大代表，戴着人大代表的胸牌，在相互说笑；李雪莲打量他们，他们却没人注意李雪莲。车下看着车上人很满，上了车，才知道车的后半截是空的。李雪莲又把四五捆材料往车后头搬。待把材料刚放到空着的一排座位上，车门"吱"的一声关了，车开了。大概司机把她也当成了人大代表。车上的代表只顾相互说笑，没人去理会这事，大概又把李雪莲当成了大会的工作人员。李雪莲倒是吓了一跳，转过身，想喊"停车"；突然又想，这车是去人民大会堂；人民大会堂就在天安门广场西侧，当然，在李雪莲看来是东侧；搭这车去天安门，倒省得挤公交车了，也省下车钱了；到了天安门广场，他们去大会堂开会，李雪莲去广场，谁也不耽误谁的正事；便在座位上坐了下来。

正是上班时分，街上除了车就是人。但一溜车队，在路上开得飞快。因一溜车队前，有警车开道。车队到处，所有的路口，红灯都变成了绿灯。别的车辆和人流，都被拦截住了。十五分钟后，一溜大客车就到了天安门广场。到了天安门广场，李雪莲才知道"全国人民代表大会"召开得隆重。不是一溜车队前往人民大会堂，全国三十多个省市自治区，三十多溜车队，从不同方向开来。大会堂前几十个警察，在指挥这三十多溜车队。这些警察倒有经验，三十多溜车队，几百辆大客车，一时三刻，就在人民大会堂东门外，停靠得有条不紊。接着从几百辆大客车上，下来几千名人大代表，胳肢窝下夹着文件包，说说笑笑，往大会堂台阶上走。李雪莲看得呆了。直到车空了，身边的四五捆材料也被人拿走了，李雪莲还站在车里，四处张望。这时车上的司机仍以为李雪莲是人大代表，扭头问：

"你咋不进去呢？"

一句话提醒了李雪莲。如能跟人大代表一块儿进到大会堂，她这状可就好告了。今天要做"政府工作报告"，肯定会有许多国家领导人，也来开会。能见到这些人，跟他们详叙自己的冤情，比自个儿一个人在天安门广场傻坐着强多了。于是不顾别的，慌忙跳下了车，跟上进大会堂的人流。因李雪莲是乘人大代表的车来的，大客车已经越过了层层警戒线，也就无人再理会李雪莲。李雪莲也就顺利地踏着大会堂的台阶，一步步来到了大会堂门口。

但人大代表进大会堂，在门口还要通过安全检查。当时的安全检查，还是人工的；许多大会堂的工作人员，手里拿着一个像网球拍子的仪器，在大家身上扫来扫去。几千人同时安检，熙熙攘攘，大会堂的工作人员只顾安检，没大注意代表的区别。李雪莲裹在其他代表中间，也就乱中通过了检查，随着人流，往大会堂会场走去。刚到会场门口，门口一个警卫拦住了她。这警卫是个中年男人，穿着便服，倒十分客气，笑着指指李雪莲的前胸：

"代表您好，请把您的代表证，别到胸前。"

看来他也把李雪莲当成人大代表了。李雪莲自进了人民大会堂，就被大会堂的气派给震住了。大会堂金碧辉煌，因在开人代会，到处是鲜花，又显得花团锦簇。李雪莲自生下来，没见过这么气派和庄严的场面，心里怦怦乱跳；突然又被人拦住，心里更慌。但她强作镇定：

"代表证呀，出门时忘宾馆了。"

那中年人仍一脸温和：

"那不要紧，请问您是哪个团的？"

李雪莲灵机一动，答出她是她那个省的代表团的。中年人：

"请问您的姓名？"

李雪莲这时答不出来了。她能答出自个儿的姓名，但她知道那姓名不管用；代表团里别人的姓名，她一个也不知道，于是便愣在那里。

中年男人又催：

"请问您的姓名。"

李雪莲只好横下一条心，看能否蒙过去：

"我叫李雪莲。"

由于心虚，回答得有些结巴。也许说别人的名字她不结巴，说自己的名字反倒结巴了。中年男人笑了，说：

"好，李雪莲代表，请您跟我来一下，核对一下您的身份。"

又说：

"没有别的意思，只是为了大会的安全。"

李雪莲只好跟着他走。中年男人带着李雪莲，向大会堂大厅左侧的一个通道走去。边走，中年男人边抄起手里的步话机，悄声说着什么。待转过弯，又是一个长长的通道，这里安静无人；这时李雪莲发现，她的四周，开始有四五个穿便衣的年轻人向她靠拢。李雪莲知道自己露馅了，忙从口袋掏出自己的诉状，顶在头上喊：

"冤枉。"

没等她喊出第二声，几个年轻人像猛虎一样，已经将她扑倒在地。她被压在几个小伙子身下。嘴被人捂住了，四肢也被七八只手同时捺住，一刻也动弹不得。

这个场面也就三四秒钟。正厅里，进会场的代表，说说笑笑，谁也没有注意到。大家顺利进了会场。九点铃响，会场里响起雷鸣般的掌声，领导人开始做"政府工作报告"。

十四

这天全国人民代表大会的议程是：上午做"政府工作报告"，下午各代表团分组讨论。李雪莲这个省的代表团下午讨论会的会址，安排在大会堂一个厅。在大会堂讨论，并不是代表们上午听了报告，下午还要接着讨论，担心代表们跑路；这样安排，大家恰恰多跑了路，因中午大家还要回驻地吃饭，平时大家都在驻地讨论；而是按照事先的安排，今天这个省的代表团的讨论会，有一位国家领导人参加。领导人参加讨论会，一般情况下，半天时间，要相继参加好几个代表团的讨论；所以哪一个代表团的讨论会有领导人参加，会址便改在人民大会堂，便于领导人串场。

讨论会有领导人参加，和没领导人参加，这场讨论会的结果就不一样。领导人一参加，讨论会马上能上晚上的《新闻联播》。结果不一样，讨论会的开法也不一样。领导人参加这种讨论会，一般是先听代表们发言，最后做总结性讲话。为了开好讨论会，这个省的代表团做了精心安排，指定了十来个发言人。发言者的身份，尽量区别开，有市长，有村长，有铁路工人，有企业家，有大学教授……各行各业都涵盖到了。发言者的发言稿，事先都经过多次修改。发言的长度也有规定，一个人不超过十分钟。讨论会下午两点开始，下午一点半，代表们就到了人民大会堂。代表团里有几位少数民族代表，让他们都穿上了本民族的服装。代表们入会场坐下，一开始还相互说笑，到了一点五十分，大家安静下来，等候领导人的到来。但到了两点，领导人没有来。领导人一般是不会迟到的。但领导人日理万机，偶尔迟到也是有的。大家都静心等。到了两点半，领导人还没有来，会场便有些躁动。省长储清廉敲了敲茶杯，让大家耐心等候。两点四十五分，门开了，大家以为领导人来了，都做好了鼓掌的准备，但进来的是一位大会秘书处的人。他快步走到储清廉身边，趴到储清廉耳边耳语几句，储清廉脸上错愕一下。待秘书处的人出去，储清廉说：

"领导临时有事，下午的讨论会就不参加了，现在咱们自个儿开起来。"

会场有些躁动。但事已至此，谁也改变不了领导人的决定，大家只好自己开起来。代表团自个儿在一起开会，跟领导人参加又不一样了。大家都在一个省工作，相互都熟，再由指定的发言者正襟危坐，说些冠冕堂皇的话，马上会显得做作。省长储清廉提议，改一下会议的开法，大家自由发言，谁想发言，谁就发言。会场的气氛，倒一下活跃起来，马上有十几只手举了起来，要求发言。大家要求发言虽然踊跃，但真到发言，大家的发言，也都大同小异，无非是拥护"政府工作报告"，结合"政府工作报告"提出的要求，联系当地实际，或联系本部门本企业的实际，找出自己的差距，再列出几条整改措施，要迎头赶上去。六个人发过言，已到中场休息时间。省长储清廉正要宣布休息，会场的门开了。让大家感到意外的是，国家另一位领导人走了进来。几台电视摄像机也跟了进来，大灯开着。按照事先安排，这位领导人并没说参加这个省代表团的讨论，没想到他突然走了进来。大家惊在那里。反应过来，会场立刻响起雷鸣般的掌声。这位领导人满面红光，先向大家招手，又用手掌往下压大家的掌声：

"刚听完一个团的讨论，临时来看望一下大家。"

会场里又响起雷鸣般的掌声。

领导人健步走到会场中间，坐到省长储清廉身边的沙发上，一边接过女服务员递过来的热毛巾擦脸，一边对储清廉说：

"清廉呀，会接着开吧，我来听听大家的高见。"

又指着大家：

"事先说好啊，我今天只带了耳朵，没带嘴巴，我是不讲话的。"

省长储清廉笑了。大家也笑了。领导人来了，中场也就不休息了，大家接着开会。因领导人到了，会议的开法又得改一改，又改回会议初始的开法；事先指定的发言人，又派上了用场。等于会议又重新开始。领导人从秘书递过的公文包里，掏出一个笔记本，准备记录大家的发言。发言的代表见领导人来了，又掏出本记录，虽是事先准备好的话，冠冕堂皇的话，但比自由发言，还情绪高昂。也有讲到一半，脱离讲稿的，开始汇报起自己地方的工作，或本部门本企业的工作。领导人也听得饶有兴味，甚至比刚才听冠冕堂皇的话还有兴趣，不时点头，记在自个儿的笔记本上。省长储清廉见领导人感兴趣，也就没打断这些脱稿的话。终于，指定的代表都发完了言，省长储清廉说：

"现在请首长给我们做重要指示。"

几台摄像机的大灯又亮了。会场又响起雷鸣般的掌声。领导人先是笑：

"清廉啊，我有言在先，今天不讲话呀。"

会场的掌声更热烈了。领导人又笑了：

"看来是要逼上梁山了。"

大家又笑了。领导人正了正身子，开始讲话。领导人讲话，轮到大家记录。领导人先谈"政府工作报告",对报告所讲的一年来的成绩和不足,及明年的规划和打算,他都赞成。他语重心长地说,一定要牢牢把握经济建设这个中心,推进经济体制改革,逐步推进政治体制改革,改善党的领导,加强民主和法制建设,加强团结,调动一切可以调动的因素,增强主动性和紧迫性,取得社会主义物质文明和精神文明双丰收。说过这些,像刚才有些代表发言脱稿一样,他也撇开"政府工作报告",开始讲题外话。首先讲国际形势。从北美、欧洲,讲到南美和非洲。在非洲停留的时间长一些,因他刚从非洲访问回来。接着又讲到亚洲。从国际拉回国内,又讲了目前国民经济的真实状况。从城市讲到乡村,从工业讲到农业,讲到第三产业,讲到高科技……说是脱题,其实也没脱题。大厅里,只响着领导人的声音和代表们记录时笔尖的"沙沙"声。地上掉根针都能听见。说完这些,又说:

"当然,整个局势,对我们都是有利的。下面我也说说不足。"

又讲工作的不足。不足也讲得很诚恳。大家一边记录,一边觉得领导人求真务实。由工作的不足,又扯到干部作风,扯到不正之风,扯到贪污腐化。领导人指指几台摄像机:

"下边就不要拍了。"

几台摄像机马上放下了。领导人:

"贪污腐化，不正之风，是让我最头疼的东西，也是广大人民群众意见最大的方面。日甚一日，甚嚣尘上呀同志们。水能载舟，也能覆舟，这两颗毒瘤不摘除，我们的党和国家早晚会完蛋。"

领导人说的是严肃的话题，大家也跟着严肃起来。领导人：

"我们党是执政党，我们党的宗旨，要求我们时刻要把群众的利益放到首位。但有些人是不是这样呢？贪污腐化，不正之风，就是把自己的利益，放到了党和群众的利益之上。他当官为了什么？不是为了给人民当公仆，而是为了当官做老爷，为了发财，为了讨小老婆。凡是揭出来的案子，都让人触目惊心。我劝还往这条路上走的人，要悬崖勒马。还是毛主席说得好，无数革命先烈，为了人民的利益，抛头颅洒热血，牺牲了自己的生命，我们还有什么个人利益不能抛弃呢？我说的对不对呀同志们？"

大家齐声答：

"对。"

领导人这时喝了一口茶，转头问省长储清廉：

"清廉啊，××县是不是你们省的呀？"

储清廉不知领导人接着要说什么，从笔记本上抬起头，有些慌乱；但××县确是他这个省的，他忙点头：

"是，是。"

领导人放下茶杯：

"今天上午，就出了一件千古奇事。一个妇女，告状告到了大会堂。我的秘书告诉我，她就是这个县的。清廉啊，你知不知道这件事呀？"

储清廉惊出一身冷汗。自己省的这个县，竟有人告状告到了大会堂，还趁人代会召开期间。这不是重大政治事故吗？但他确实还不知道这件事，忙摇摇头。领导人：

"要不我也不知道，她被警卫人员，当作恐怖分子抓住了。一问什么事儿呢？也就是个离婚的事。一个农村妇女离婚，竟搞到了大会堂，也算千古奇事。这么小的事，怎么就搞到大会堂了呢？是她要把小事故意搞大吗？不，是我们的各级政府，政府的各级官员，并没有把人民的冷暖疾苦放到心上，层层不管，层层推诿，层层刁难；也像我现在的发言一样，人家也是逼上梁山。一粒芝麻，就这样变成了西瓜；一个蚂蚁，就这样变成了大象。一个妇女要离婚，本来是与她丈夫的事，现在呢，她要状告七八个人，从她那个市的市长，到她那个县的县长，又到法院院长，法官等等。简直是当代的'小白菜'呀。比清朝的'小白菜'还离奇的是，她竟然要告她自己。我倒佩服她的勇气。听说，因为人家告状，当地公安局把人家抓了起来。是谁把她逼上梁山的呢？不是我们共产党人，是那些喝着劳动人民的血，又骑到劳动人民头上作威作福的人……"

说到这里，领导人脸色铁青，拍了一下桌子。会场上的人谁也不敢抬头。省长储清廉，从里到外的衣服都湿透了。领导人接着说：

"这个'小白菜'的冤屈，还不止这些，她到大会堂告状，还想脱掉一顶帽子，那就是'潘金莲'。当地许多人，为了阻拦人家告状，就转移视线，就张冠李戴，就无中生有，就败坏人家名声，说人家有作风问题。一个'小白菜'，就够一个小女子受的了，再加上一个'潘金莲'，这个妇女还活得活不得？她不到大会堂告状，还能到哪里去呢？还能去联合国吗？是谁把她逼到大会堂的？不是我们共产党人，仍然是那些喝着劳动人民的血，又骑到劳动人民头上作威作福的人……"

领导人转头问储清廉：

"清廉啊，这样当官做老爷的人，我们要得要不得呀？"

储清廉也脸色铁青，忙像鸡啄米一样点头：

"要不得，要不得。"

领导人缓了一口气：

"我的秘书还算一个好人。或者说，他今天落了一回好人。警卫人员把这个妇女当作恐怖分子抓了起来，我的秘书路过那里，问明情况，就让把人放了。据说，她在老家，还有一个三个月大的娃娃。我的秘书，做了一件功德无量的事。这不是对一个普通的农村妇女的态度问题，而是对人民群众的态度问题。我们现在不正开着人民代表大会吗?我们在代表谁呢?我们又把谁当恐怖分子抓起来了?谁恐怖?不是这个劳动妇女,是那些贪污腐化当官做老爷又不给人民办事的人!……"

说着说着,领导人又想发火,幸亏这时会场的门开了,一个工作人员快步走到领导人身边,趴到他耳朵上耳语几句。领导人"噢""噢"几声,才将情绪收回,缓和气氛说:

"当然了,我也是极而言之,说的不一定对,仅供大家参考。"

然后站起身,又露出笑容说:

"我还要去会见外宾,今儿就说到这儿吧。"

挥手与大家告别,出门走了。

领导人走后,省长储清廉傻在那里,大家也面面相觑。这时大家想起,领导人讲完话,大家也忘了鼓掌。储清廉也突然想起,领导人讲完话,他也忘了表态。当然,他就是想表态,领导人接着要会见外宾,起身走了,也没时间听他表态。

当天晚上,省长储清廉一夜没睡。凌晨四点半,储清廉把省政府秘书长叫到他的房间。秘书长进房间时,储清廉正在客厅地毯上踱步。秘书长知道,这是储清廉的习惯;遇到重大问题,储清廉就是不停地踱步。这个习惯,有点像林总,差别就是少一张军用地图。储清廉平日是个寡言的人。寡言的人,就是不断思考的人。起草文件,遇到重大决策,储清廉总要踱上几个小时的步。踱着步，不时迸出一句话。不熟悉他的人，往往跟不上他思维的跳跃，不知他思考到哪一节，突然迸出这么一句话。他不会解释什么，一切全靠你的领会。大会上念稿子，大家能听懂；单独与你谈话，他在踱步，不时迸出一句话，许多人往往不知其所云，如堕云雾之中。好在秘书长跟了他十来年，还能跟上他思考和跳跃的节奏。储清廉过去踱步，也就几个小时，但像今天，从昨天晚上踱到今天凌晨，秘书长也没见过。秘书长知道，今天事情重大。储清廉见秘书长进来，也不说话，继续踱自己的步。又踱了十几分钟，停在窗前，看着漆黑的窗外：

"昨天下午的事儿不简单。"

秘书长明白，他指的是昨天下午讨论会的事。

储清廉又踱了一阵步，看秘书长：

"他是有备而来。"

秘书长又领会了，是指领导人在讨论会上举例，说一个妇女告状，冲进人民大会堂的事。

储清廉又踱了一阵步，又停住：

"他是来找碴儿的。"

秘书长出了一身冷汗。他领会储清廉的意思，领导人在讲话中，讲到那个农村妇女，看似随意举例，其实并不随意；进而，按照会议的安排，这位领导人本来不参加这个省的讨论会,突然又来参加,看似偶然,"临时来看望一下大家",其实醉翁之意不在酒。秘书长又想到省长储清廉,这些天正处在升迁的关键时候,听说要调他到另一个省去当省委书记;又听说,对他的升迁,中央领导层有不同看法;由此及彼,秘书长张张嘴巴,说不出话来。

储清廉又踱了一阵步,停在窗前。窗外的北京,天已渐渐亮了。储清廉:

"向省委建议,把他们全撤了。"

秘书长一身冷汗没下去,又出了一身冷汗。秘书长领会储清廉的意思,是要把没处理好妇女告状的那些人,引起妇女冲进大会堂的那些人,昨天下午领导人举例提到的那些人,把一粒芝麻变成西瓜、把一只蚂蚁变成大象的那些人,也就是那个妇女所在市的市长、所在县的县长、法院院长等,通通撤职。秘书长嘴有些结巴:

"储省长,因为一个离婚的妇女,一下处理这么多干部,值当吗?"

储清廉又踱步,踱到窗前:

"我已经让秘书核查了,这案件与首长说的,虽然有些出入,但也确有其事。"

又转头踱到秘书长面前,两眼冒火地:

"他们把事情搞到这种程度,不是给全省抹黑吗?"

又咬牙切齿地说：

"昨天下午首长说得对，他们是什么人？他们不是共产党人，他们不是人民的公仆，他们就是喝劳动人民的血，又骑在劳动人民头上作威作福的人，他们罪有应得，他们才是该千刀万剐的潘金莲！"

· 十五 ·

七天之后,省里直接下文:

撤销蔡富邦××市市长职务,建议该市人大常委会下次会议予以追认。

撤销史为民××市××县县长职务,建议该县人大常委会下次会议予以追认。

撤销荀正义××市××县法院院长职务,建议该县人大常委会下次会议予以追认。

撤销董宪法××市××县法院审判委员会专职委员职务,建议该县人大常委会下次会议予以追认。

建议××市××县法院,给审判员王公道予以行政记大过处分。

…………

文件下来，市长蔡富邦不知所措，甚至不知道事情缘何而起。待了解，才知道前不久市里创建"精神文明城市"时，他的一句话传达下去，错中出错，把一个在市政府门口静坐的妇女给关进了拘留所。由这个告状的妇女，到撤他的职，这中间的曲里拐弯，让蔡富邦哭笑不得。但他毕竟是市长，知道其中必有玄机，何况木已成舟，再说什么有什么用呢？你怎么去改变省里的决定呢？只好叹道：

"什么叫不正之风？这才是最大的不正之风。"

又叹：

"谁是'小白菜'，我才是'小白菜'。"

县长史为民、法院院长荀正义也大呼"冤枉"。县长史为民捂着胃大骂：

"文件就这么下来了？还有没有说理的地方了？明天我也告状去！"

法院院长荀正义哭了：

"早知这样，那天晚上，我就不喝酒了。"

指的是那天晚上与李雪莲见面，他喝得半醉，骂了李雪莲一声"刁民"，又骂了一句"滚"，把李雪莲轰走的事。不喝醉，他就会换一种处理方式。他平日不喝酒，给自己规定了五条禁令。

法官王公道被处理得最轻，因他本来就没有职务，谈不

到撤职,只是给了个处分,但也憋了一肚子气,骂道:

"不是讲法吗?让我们讲,你们办起事来,咋又不讲了呢?"

唯一不闹不哭想得开的是法院专委董宪法,听完文件传达,转身往会场外走,边走边说:

"去,早不想跟你们玩了,我到集上当牲口牙子去。"

· 十六 ·

李雪莲从北京回来，先去同学孟兰芝家接回孩子，又去戒台山拜菩萨。买票进门，上香，趴到地上磕头：

"大慈大悲的菩萨，您可真灵，您下手比我狠，您把这些贪赃枉法的人都撤了职，这比杀了他们，还让我解恨呢。"

拜完这个，起身，又上了第二炷香，又趴到地上磕头：

"菩萨，您也不能顾大不顾小呀。这些贪赃枉法的人，您都惩罚了，但秦玉河个王八蛋，还逍遥法外呢！我是不是潘金莲的事，您还没说呢。"

附　录

因为一个妇女告状,某省一连撤了从市到县到县法院多名官员的事,被登在《国内动态清样》上。当天上午,曾去这个省人大代表团参加讨论会的国家领导人就看到了。看到之后,忙将秘书叫来,指着《国内动态清样》问:

"咋个回事?"

这清样秘书也已经看到了,便说:

"可能人代会期间,您去参加这个省的讨论会,批评了这件事,他们就雷厉风行了。"

领导人将《国内动态清样》摔到桌子上:

"乱弹琴,我也就是批评批评这种现象,他们竟一下撤了这么多干部,也太矫枉过正了。"

秘书:

"要不我打一电话,让他们再改过来?"

领导人想了想,挥挥手:

"那样,就再一次矫枉过正了。"

叹口气:

"采取组织措施,是世界上最容易的事,为什么总爱抄近道呢?为什么不能深入思考这件事情的重要意义呢?为什么不能举一反三呢?"

又说:

"早知道这样,我就不去参加他们的讨论会了。那天你也知道,本来四点我要会见外宾,外宾在去大会堂的路上,突然肚子疼,临时去了医院,就有了这点子空闲。说到那个妇女,也是举个例子嘛。"

说完开始在屋子里踱步,踱了几个来回,停住:

"这个储清廉,心机也太重了。"

接着不再说话,坐回办公桌后,开始批阅其他文件。

该省省长储清廉,本来近期要调到另一个省当省委书记;但一个月之后,另一个省的省委书记,在他们本省产生了。储清廉仍在李雪莲那个省当省长。三年之后,去了省政协当主席;又五年之后,离休。

第二章

序言：
二十年后

· 一 ·

王公道拍李雪莲家的门,连拍了十五分钟,院里无人应答。王公道边拍边喊:

"大表姐,我是王公道呀。"

院里无人应答。王公道:

"大表姐,开门吧,我都看到屋里的灯了。"

院里无人应答。王公道:

"天都黑透了,我还没吃饭哩。我给你带来一条猪腿,咱得赶紧炖上。"

院里仍无人应答。

第二天清早,李雪莲打开头门,头门前,仍站着王公道。王公道身边,站着县法院几个人。李雪莲倒吃了一惊:

"你们在这儿站了一夜呀?"

王公道委屈地指指自己的头：

"可不，看头上的霜。"

李雪莲看他的头，头上却没有霜。王公道"噗嗤"笑了：

"我没那么傻，昨晚叫门，你假装听不见，我只好回去了；今儿起了个大早，不信堵不住你。"

李雪莲只好领着一行人往院子里走。二十年前，王公道还是个小伙子，二十年后，已是个臃肿的中年人了；二十年前，王公道是稀眉，二十年后，眼眶上一根眉毛也没有了；下巴又不长胡子，满脸肉疙瘩；二十年前，王公道是个小白孩，二十年后，皮肤竟也变黑变糙了。但变化不只王公道一个人，二十年前，李雪莲二十九岁，二十年后，李雪莲已经四十九岁了；二十年前，李雪莲满头黑发，二十年后，头发已花了一半；二十年前，李雪莲眉清目秀，胸是胸，腰是腰，二十年后，满脸皱纹不说，腰和胸一般粗。两人在院子里坐定，王公道：

"大表姐，这回找你，没有别的事，就是来看看，家里有没有啥困难。"

王公道的随从，把一根猪腿，放到枣树下的石台子上。李雪莲：

"要是为了这个，你们走吧，家里没困难，把猪腿也提走，我信佛了，不吃肉。"

站起身，拿起扫帚就要扫地。王公道从板凳上跳起来，

一边躲李雪莲的扫帚,一边抢李雪莲的扫帚;抢过,一边帮李雪莲扫地,一边说:

"大表姐,就算没困难,咱们是亲戚,我就不能来串门了?"

李雪莲:

"嘴里别'姐'呀'姐'的,你一法院院长,我听着心慌。"

王公道拄住扫帚:

"那咱们得论一论,前年过世的,马家庄的马大脸,他是俺舅,你知道吧?"

李雪莲:

"他是不是你舅,不该问我,该去问你妈。"

王公道:

"马大脸他老婆的妹妹,嫁到了胡家湾老胡家;你姨家一个表妹,嫁给了她婆家的叔伯侄子;论起来,咱这亲戚不算远。"

李雪莲:

"王院长,你要没啥事,咱就别闲磨牙了,我还得去俺闺女家,她家的牛,昨晚下犊了。"

王公道放下扫帚,坐定:

"既然是亲戚,我就不兜圈子了。大表姐,再过十来天,全国又要开人代会了,你准备啥时候去告状呀?"

李雪莲：

"原来是告状的事呀。我给你说，今年我不告了。"

王公道吃了一惊。接着笑了：

"大表姐，我不兜圈子，你又开始兜圈子了，二十年了，你年年告状，今年突然说不告了，谁信呀？"

李雪莲：

"今年跟往年不一样。"

王公道：

"哪儿不一样了？你给我说说。"

李雪莲：

"过去我没有死心，今年我死心了。"

王公道：

"大表姐，你这话没有说服力。知道你二十年来受了委屈，但事情说白了，事到如今，就不是你一个人的事了。本来是芝麻大点事，最后闹成了大西瓜；本来是蚂蚁大点事，最后闹成了大象。因为一件离婚的事，曾经撤过市长、县长、法院院长和专委，清朝以来，中国没发生过这种事。但说句良心话，你离婚是真是假，能不能跟秦玉河复婚，然后再离婚，是这些市长县长能决定的吗？你没有复婚再离婚，是这些市长县长给闹的吗？要说冤枉，除了你冤枉，大家也都冤枉着呢。你这桩案子的主体，不是市长、县长、院长和法官，而是秦玉河。秦玉河这个龟孙,如果放到清朝,我早把他枪毙了,无非现在讲个法制。你说这个人有多可恶,当年离婚复婚的事,就够复杂了,他还嫌不乱,又说出你是潘金莲的话;双箭齐发,就把你逼到了绝路上。你告状告了二十年,各级政府都能理解。历届的政府和法院领导,也没少给秦玉河做工作。可他是头犟驴,二十年来,死活不吐口哩。秦玉河不通情理,才是这件事的病根,对不对?说起来咱们是一个立场。大表姐,咱能不能商量商量,今年就不告状了,咱对症下药,继续做秦玉河的工作。我想啊,时间不饶人,但时间也最饶人;你跟秦玉河生的儿子,今年也小三十了;儿子又生儿子,孙子都上小学了;二十年了,秦玉河也不是铁板一块;就是块石头,揣到怀里也该焐热了。策略我都想好了,今年咱们再做秦玉河的工作,不再那么简单和直接,咱能不能从你和秦玉河的儿子入手,或从你们的儿媳妇入手,让他们去做秦玉河的工作。毕竟血浓于水。还有你们的小孙子,都上小学了,也该懂事了,咱也做做他的工作;孙子去劝爷爷,说不定哪句话,倒动了秦玉河的麻筋呢。还有你跟秦玉河生的那个女儿,也老大不小了吧?不管是为了你,还是为了她自个儿,也该去劝劝她爹嘛。当爹娘的一直在闹复婚闹离婚,一闹闹了二十年,姑娘脸上有多光彩?这么多人双管齐下,秦玉河只要能听进去一句,跟他现在的老婆离婚,接着跟你复婚,潘金莲的事,也就不攻自破了……"

李雪莲止住王公道的长篇大论：

"秦玉河的工作，你们也别做了；做通，我也不跟他复婚了。"

王公道：

"你不跟他复婚，咋证明你们当初离婚是假的呢？咋证明你不是潘金莲呢？"

李雪莲：

"过去我想证明，今年我不想证明了。"

王公道：

"已经证明了二十年，今年突然说不证明了，谁信呢？"

李雪莲：

"我不告诉你了，今年我想通了。"

王公道：

"大表姐，你咋这么顽固呢？你要这么说，还是要告状。或者咱这么说，你不看别人，看我。我辛辛苦苦这二十年，你也看到了；因为你，我也犯过错误；跌倒了爬起来，能当上这个院长不容易。你不告状呢，我这个位子就能保住；你要一折腾，说不定像二十年前的荀院长一样，我也被撸了。我的帽子，就在你手里提溜着呢。"

李雪莲：

"如果是因为你的帽子，你就把心放回肚子里，我刚才不是说了,今年我不告状了。"

王公道差点哭了:

"大表姐,你咋张口就是瞎话呢?咱们是姐弟俩儿,就不能开诚布公谈一回吗?"

李雪莲急了:

"谁给你说瞎话了?我说实话,你不信哩。"

抄起枣树下台阶上的提包:

"反正我说啥你都不信,我就不跟你再啰唆了,我还得去俺闺女家。你们要愿意待着,你们就待着,临走时别忘把门给我锁上。"

接着走出了院子。王公道忙又撵出去:

"你急啥哩,就是串亲戚,也等我一下,我用法院的车,把你送过去呀。"

· 二 ·

县长郑重到该县上任仅三个月。从上到下的领导干部中，唯有郑重，还没有认识到李雪莲的厉害。没认识到李雪莲厉害并不是之前不知道李雪莲是当代的"小白菜"；因为她告状，曾经撤过市长县长法院院长等一干人，正因为知道，他觉得从上到下的领导有些一朝被蛇咬，十年怕井绳，有些草木皆兵。从市到县的各级政府，岂能让一个农村妇女唬住？或被一个农村妇女拿住命门？一旦被人拿住命门，软肋攥在别人手里，你就没个退路，大家年年不得安生。维稳是要维稳，和谐是要和谐，但维稳不是这么个维稳法，和谐也不是这么个和谐法。就像对付恐怖分子，你不能退让；你一退让，他就会提出新的条件，永远没个尽头。谈判不是万能的。他觉得从上到下的领导太软弱了，该硬的时候还是要硬；事情该爆发，就让它爆发；

恐怖分子要开枪，就让他开枪。当然，二十年前爆发过，撤了市长、县长、法院院长等一干人；但正是因为二十年前爆发过，现在倒应该不怕了；官场撤过人的地方，就不会再撤人了；世上最危险的地方，就是最安全的地方。

郑重除了有上述认识，他在另一个县当常务副县长时，曾经处理过一起上访告状的事，有过经验教训。另一个县的事态，比李雪莲告状严重多了。县上要建一个工业园，占了一个村二百多亩土地；在土地补偿款上，政府与农民一直达不成协议。这个村集结了一千多名农民，男男女女，到县政府门前静坐。县长老熊与农民代表谈判十轮，也没谈出个结果。县政府门前聚的人越来越多。老熊请示市长马文彬，可否动用警力，马文彬的回答就四个字：

"妥善处理。"

上下夹击，把老熊愁得住进了医院。老熊一病，事情就落到了郑重头上。郑重知道老熊的病是装的，在躲这马蜂窝，但郑重有郑重的想法。郑重接手之后，谁也没请示，又把几个带头闹事的农民代表叫到县政府会议室进行第十一轮谈判。农民代表进了会议室，发现里面站满了警察。警察二话不说，就把几个带头闹事的农民掀翻了，戴上手铐，堵上嘴，从县政府后门押走了。闻知自己的代表被警察抓了，县政府门口一千多农民更不干了，人群冲进县政府，砸了办公楼的窗户，推翻停在楼前的三辆轿车，并点火烧了。郑重等的就是这个时候。打、砸、抢的群众接着发现，县政府四周，开始聚集警察。警察越聚越多，聚了三四百名，有的荷枪实弹，有的拿着警棍。郑重把县里三四百名警力，全部调集过来。农民与警察发生了冲突。郑重命令警察朝天开枪。枪声一响，农民立即做鸟兽散。事态就这样平息了。被抓的几个谈判代表被放了，七八个参与打、砸、抢、烧的首要分子被抓了起来，以"扰乱社会秩序罪""妨碍公务罪""故意毁坏公私财物罪"分别被判刑三年五年不等。政府仍按初始的规定价补偿村里的土地，村民也就把钱接了，无人敢闹事了；工业园马上动工了。因开枪伤人，郑重被给予党内警告处分。市长马文彬过去跟郑重不熟，通过这件事，开始对郑重大为欣赏。欣赏不是欣赏郑重开枪伤人，而是他遇到这种事不请示，敢于自己做主。换句话，敢于承担责任。一年之后，李雪莲这个县的县长调走了，郑重虽然背着处分，市长马文彬拍板，调郑重来这个县当县长。当法院院长王公道向郑重汇报李雪莲的情况，说弄不准她今年是否还会告状；王公道哭丧着脸，郑重却没有当回事。王公道：

"二十年了，这个娘儿们，变得越来越难缠了；她越说不告状，我越不放心，弄不准她的心思。"

郑重：

"弄不准就不弄,让她告呗。"

王公道忙摇手:

"郑县长,您刚来不清楚,可不敢让她告状。"

郑重:

"宪法哪条规定,公民不能告状?"

王公道:

"她不是往咱县法院告,她要往咱县法院告,我也不怕了;她一告状就是北京。平时去北京咱也不怕,北京马上又要开人代会了不是?她再闯了大会堂,从市长到您,再到我,又得下台。"

郑重一笑,讲了正因为二十年前撤了一干人,现在不会再撤的道理;谁知王公道不同意:

"郑县长,我说话难听,您别在意,我懂此一时彼一时的道理,但正因为此一时彼一时,领导的心思,也像李雪莲的心思一样,咱也猜不准。您以为撤干部领导会心疼呢?中国什么都缺,就是不缺干部;撤一批,人家正好换上一批自己的人。"

王公道这话,郑重倒没有想到。郑重将身子倚到椅子背上:

"撤就撤呗,我正好不想当了。"

王公道急了:

"这事儿也不由您说了算,您不想当,万一市长还想当呢?"

又低头说:

"再说,我还想当呢。"

郑重看出王公道是个老实人,不由"噗嗤"笑了:

"那各级政府,就被一个农村妇女这么拿捏住了?"

王公道:

"可不咋的,二十年了,年年这样。"

又说:

"麻烦还在于,如果她是一个人还好对付,实际上她变成仨人了。"

郑重不解:

"啥意思?"

王公道:

"我们觉得她是'小白菜',她前夫说她是'潘金莲',她说自个儿冤得像'窦娥',这不就成仨人了?这仨妇女,哪一个是省油的灯?单拎出一个人就不好对付,仨难缠的人缠在一起,可不就成三头六臂了?又跟白娘子练功似的,一练练了二十年,可不就成精了?"

又说:

"为了哄住她,二十年来,她可没少得东西。光猪腿,我给她送过十七八个。"

又说：

"都见大家给当官的送东西，哪见过当官的给一个农村妇女送东西？"

又埋怨：

"国家这人代会也开得忒频繁了，一年一小开，五年一大开；今年还不同往年，今年是大开，政府要换届，哪里敢让她去掺乎？可不敢大意。"

又叹息：

"不怪别的，就怪事情颠倒了。咋也没想到，一个农村妇女，一下跟国家大事连在了一起。"

郑重：

"正因为你们这么弄，就把她惯出毛病了。"

王公道：

"郑县长，这是目前的现实。我官小，是谈不下来了，郑县长您官大，要不您跟她谈一谈？"

郑重一笑，知道王公道是要把事情往上推，躲开这马蜂窝；这人看似老实，心里也藏着鬼呢；但郑重没计较这个，换条思路问：

"能不能调查调查，看这妇女有没有别的事情，比如，偷盗，打架，赌博，或其他违法的事？"

王公道明白郑重的意思：

"盼她有哇，她要有其他犯罪事实，不早把她抓了？那样我也干净了，就该公安局跟她打交道了。"

但搔着头说：

"也留意她二十年了，可一个农村娘儿们，想犯罪，又没这胆，想赌博，她又没钱。"

郑重倒不同意：

"按你的形容，人家不是没这胆儿，是证明人家品质还不错。"

又说：

"咱再换条思路，能不能做做她前夫的工作，跟她再复婚呢？如果他们复了婚，不就没告状这回事了？"

王公道：

"这条路，咱也走过二十年了；这工作，咱也做过几百回了。可她前夫也是头犟驴，说没闹这二十年，复婚还可以考虑；正是闹了二十年，哪怕天底下剩她一个女的，也不会跟她再复婚了。"

又说：

"再说，那男的又找人了，生下的孩子也快二十了，如果跟李雪莲复婚，他还得先离婚不是？"

又说：

"再说，李雪莲要跟她前夫复婚，也不是为了过日子，是为了复婚之后再离婚。一句话，纯粹为了折腾，为了证明她不是潘金莲。"

又感叹：

"她没折腾着她前夫，倒折腾着我们了。二十年啊郑县长。我有时愁的，真想辞了这个院长，去做小买卖。"

郑重"噗啼"笑了：

"看把你逼到了这个份儿上，我就会她一面吧。"

王公道马上站起来：

"这就对了郑县长，反正说下大天来，也就是哄她一下。哄她过了这一个月，等全国人代会开过了，她想到哪儿告，就到哪儿告去。只要过了关键时期，咱就不怕了。"

郑重摇头：

"你说这县，咋出了这么个潘金莲呢？"

王公道：

"偶然，纯属偶然。"

第二天上午，县长郑重去李雪莲的村子找李雪莲，由法院院长王公道一行人陪着。郑重去找李雪莲并不仅仅是昨天王公道讲了一通大道理，说服了郑重，还因在王公道走后，市长马文彬也给他打了电话，说十天之后，他作为全国人大代表，要去北京参加人代会；郑重县有个妇女叫李雪莲，二十年前闹过大会堂，之后年年告状，提醒郑重注意。马文彬：

"我去北京参加人代会，李雪莲就不要去了。"

王公道一番高谈阔论，郑重可以在意，也可以不在意；马文彬这个电话，郑重却不能不在意，也不敢不在意。同时，他也想见一见李雪莲，看她是否长着三头六臂，从上到下，把大家折腾了二十年。待见到李雪莲，原来也是个普通的农村妇女，头发花白，腰口像水缸一样粗，说话瓮声瓮气。李雪莲见到王公道，还感到奇怪：

"你昨天不是来了，咋今天又来了？"

王公道：

"大表姐，昨天是昨天，今天跟昨天不一样。"

指着郑重：

"这是咱县的郑县长，我官小，昨天说不下你，今天把县长请来了。"

大家在院子枣树下坐定。郑重：

"大嫂，我喜欢开门见山，咱就长话短说吧。国家马上要开人代会了，你还去告状不去了？"

李雪莲指着王公道：

"昨天不跟他说了，今年不去了。"

郑重问得跟昨天王公道问的一样：

"为啥不去了？"

李雪莲回答的也跟昨天一样：

"过去我没想通，今年我想通了。"

王公道拍着巴掌：

"你越这么说，我心里越没底。"

又说：

"你要这么说，还是要告状。"

郑重用手止住王公道，对李雪莲说：

"王院长不相信你，我相信你。既然想通了，那就写个保证书吧。"

李雪莲吃了一惊：

"啥叫保证书？"

郑重：

"保证不再告状，签上你的名字。"

李雪莲：

"签上名，起个啥作用呢？"

郑重：

"如果再告状，就得承担法律责任。"

李雪莲：

"那我不写。"

郑重一愣：

"既然不告了，为啥不敢写保证书？"

李雪莲：

"不是不敢，事儿不是这么个事儿，理儿也不是这么个理儿；我有冤可以不申，但不能给你写保证书，一写保证书，好像是我错了；一时错还没啥，不是二十年全都错了？"

郑重又一愣，看出这农村妇女不一般；事中这层道理，郑重倒没想到。郑重忙说：

"大嫂，事情没那么严重，也就是个形式。"

李雪莲摇头：

"现在是个形式，将来一出事，你们拿这张纸，就能把我抓起来。"

郑重终于知道，这是个难缠的人；李雪莲，不愧是李雪莲；他给设下一套，全被她看出来了。郑重忙解释：

"不是这么个用意，是为了让大家放心，不然空口一句话，咱哪能达成协议呢？"

王公道从公文包里掏出一张公文纸，纸上已打印好几行字。王公道：

"大表姐，协议都替你起草好了，今天郑县长也在，你就签了吧。"

又从上衣口袋拔出一杆钢笔：

"你签了，我今后再不来烦你。"

谁知李雪莲一把将王公道的钢笔打掉：

"本来我今年不想告状了，你们要这么逼我，那我告诉你们，我改主意了，今年我还得去告状。"

郑重愣在那里。王公道从地上捡起钢笔，拍着手中的保证书说：

"看看，终于说实话了吧。"

· 三 ·

县长郑重，受到市长马文彬的当面批评；批评他把政府和李雪莲的矛盾激化了。郑重在邻县当常务副县长时，处理过农民围攻县政府的事，那次就把矛盾激化了；但那次激化是对的，这次激化却是错的。一个农村妇女，告状告了二十年，今年突然说不告状了；不管这话的真假，能说出不告状的话，二十年来从未有过，就属于积极因素。就算是假话，假中，却有改正告状和偏激做法的愿望。人家有这样的愿望，我们就该往积极的方面引导；但从法院院长到县长，皆是兜头一瓢凉水，非说人家说的是假话。为了把假话变成真话，非让人家签保证书，非让人家承担法律责任。结果呢？把一件好事或好的愿望，逼到了死角。出发点是什么呢？就是不信任人家。你不信任人家，人家怎么会信任你呢？狗急了还会跳墙呢。结果是适得其反，事与愿违；这个妇女本来说今年不告状了，最后生生改了口，又说今年要告状。这下大家踏实了。但接着做工作，难度就更大了。当人家有好的愿望的时候，做工作是往相同的方向努力；等人家把相同改成了不同，做工作就得从不同开始；而从不同往相同的道路上掰，单是这个掰的本身，工作量就大了。这个额外的工作量是谁附加的呢？不是这个农村妇女，而是我们去做工作的人。我们的工作方法，是有问题的。问题出在工作方法上，还只是问题的表面；而问题的实质，出在我们对人民的态度上。你不信任人民，人民怎么会信任你呢？这种做法的本身，就没有把自己当成人民的公仆，而是站到了人民的对立面，在当官做老爷。比这些错误更大的错误是，处理这件事时，缺乏大局观念。再过半个月，国家就要召开全国人民代表大会了。当一个农村妇女，和国家大事无形中联系起来后，她就不是一个普通的农村妇女了；而我们做工作的方式，还是像对待一个普通的农村妇女一样。二十年前，这个妇女，是闯过人民大会堂的；因为她，撤过一连串我们的前任；二十年前，我们的前任，就是这样对待这个妇女的；我们从二十年前，还不应该汲取血的教训吗？比这些更重要的，是政治观念。今年的全国人民代表大会，不同于往年的全国人民代表大会；今年是换届年，会产生新一届政府，全国全世界都很关注。二十年前，妇女闯的是小年；今年要闯，可就是大年了。万一她闯了，又像二十年前一样闯成功了，出的政治事故和政治影响，又和二十年前不同了。新闻比二十年前发达了。有了互联网，有了微博。说不定一夜之间，全世界都会知道这件事。我们像二十年前的前任一样被撤职还是小事，由此把整个国家的脸，丢到全世界面前，事情就大了……

马文彬批评郑重时，措辞虽然很激烈，但脸上一直微笑着。这是马文彬讲话的特点。马文彬个头不高，一米六左右。在主席台上讲话，有时需要站在舞台一侧的话筒前；别人讲过，他走过去，他的头够着话筒都难；一般别人讲过，轮到市长发言，工作人员要赶紧跑上去调矮话筒的高度。人矮，加上瘦，又戴一副金丝眼镜，看上去像个文弱的书生。与人说话，声音也不大，没说话先笑；说过一段，又笑一下。但有理不在高言，同样一件事，别人能说出一层道理，他能说出三层道理；如是好事还好，如是坏事，就把你批得体无完肤了。加上马文彬平时说话声音低，一到研究干部的任用，声音突然就高了；提谁，撤谁，旗帜鲜明；他想提拔谁，一般无人敢反对；想反对，你说一层理，他说三层理，你也说不过他；往往一锤定音。同理，他想撤掉哪个干部，也往往一锤定音。所以从市里到县里，各级干部都惧他。马文彬批评郑重，也与批评其他人一样，批评一段，微笑一下；一席话微笑下来，郑重身上已出了好几层冷汗。郑重出冷汗不是惧马文彬的批评，而是觉得马文彬说得入情入理，立场、目光，都比郑重高许多。什么是差距？这就是差距。为什么人家当市长，自己当县长，原因没有别的，就因为人家水平比你高。马文彬批评完，郑重心悦诚服地说：

"马市长，您说得对，是我把问题想简单了，是我把大事看小了，是我没有大局观念和政治观念，是我没有认清时代。我回去给您写份检查。"

马文彬微笑着摆手：

"检查就不必了，认识到就行了。"

又说：

"我有时琢磨啊，有些古代的成语，还是经得起琢磨的，还是大有深意的。譬如讲，'千里之堤，溃于蚁穴'，譬如讲，'防微杜渐'，譬如讲，'因小失大'。言而总之，都在说一个'小'字。许多人栽跟头，没栽在'大'字上，皆栽到'小'字上。或者，没领会'小'字的深意。"

郑重忙点头：

"我就是因小失大，我就没领会'小'字的深意。"

马文彬：

"还有一句成语，叫'塞翁失马，焉知非福'，这回栽了跟头，下一回知道'由此及彼'和'举一反三'，恰恰也就进步了。"

郑重：

"我回县里之后，马上重新去做工作，马上再找这个妇女谈。"

马文彬笑着指点郑重：

"你都与人家闹顶了，光是磨转这个'顶'，就非一日之功。"

拍了一下沙发的扶手：

"再有九天就要开全国人代会了，还是我亲自出马吧。你回去约一下，我请这个妇女吃顿饭。"

听说市长要请一个农村妇女吃饭，起因又是由自己工作没做好引起的，郑重有些不安：

"马市长，都是我工作没做好，给您惹了祸。"

马文彬摆手：

"见群众，也是我工作的一部分嘛。"

又笑着说：

"当了三年市长，还没见过治下的'小白菜'——对了，没见过这个'潘金莲'，刚才你又说，她是'窦娥'，是三头六臂的'哪吒'——没见过这个'窦娥'和'哪吒'，我也不对呀，我也犯了官僚主义呀。"

郑重见气氛缓和下来了，也忙笑着凑趣：

"戏里的'小白菜''潘金莲'和'窦娥'，都是俊俏的小媳妇；咱这儿的'小白菜''潘金莲'和'窦娥'，可是个满头白发的老妇女。"

待到市长马文彬请李雪莲吃饭，为吃饭的地点，马文彬又批评了市政府的秘书长和县长郑重。马文彬平时请人吃饭有三个地点：如是省上领导来，或是其他市里的同僚来，就在市政府宾馆；如是来投资的外商，在市里的"富豪大酒店"；如是过去的同学朋友，由市政府宾馆做好饭菜，运到家里。市政府秘书长觉得马文彬请一个农民吃饭，属工作范畴，便把宴会安排在了市政府宾馆；准备派车把李雪莲接过来。向马文彬汇报时，马文彬皱了一下眉：

"不是批评你们，啥叫对待群众的态度，通过一顿饭，就能看出来。你是让群众来拜见你，还是你去拜见群众？"

秘书长马上认识到自己的错误：

"对对对，我们应该到县里去。"

出了马文彬的办公室，忙给县长郑重打电话。郑重便把饭安排在该县的"世外桃源"。该县的"世外桃源"，是该县吃饭规格最高的地方。该县虽处内陆地带，"世外桃源"的菜，却有世界各地的生猛海鲜。市长马文彬过去到县里来视察，如留下吃饭，皆在"世外桃源"。过去在"世外桃源"，这回也在"世外桃源"。郑重汇报秘书长，秘书长又汇报马文彬，马文彬又皱了一下眉：

"不是说过'举一反三'吗？四个字，落实下来，咋就这么难呢？请一个群众吃饭，你去'世外桃源'，灯火辉煌，生猛海鲜，还没吃饭，就把人家吓住了；她看你们整天吃这么好，心里更来气了；接着她的工作还怎么做？要我说，请人家吃饭，能不能找一个让人家感到舒服和放松的地方？譬如讲，就去她那个镇上，找家羊汤馆，一人吃三五个烧饼，喝一碗热乎乎的羊汤，满头大汗，气氛不一下就融洽了？"

秘书长又认识到自己的错误，忙点头：

"对对对，咱们去他们镇上，咱们喝羊汤。"

又担心：

"就怕那镇上的小饭馆不卫生呀。"

马文彬挥手：

"我从小也是农村长大的，人家吃得，我就吃得；你们吃不得，你们别去。"

秘书长忙点头：

"我们也吃得，我们也吃得。"

又回到自己办公室，给县长郑重打电话。郑重也马上认识到自己的错误，按市长马文彬的意图，重新将吃饭的地方，改到镇上羊汤馆。同时更加佩服马文彬。人家想一件小事，都比自己深远。"小"字的深意，自己还是没有琢磨透。什么叫差距？这就叫差距。

第二天晚上，市长马文彬，便在拐弯镇的"老白羊汤馆"，请李雪莲喝羊汤。"老白羊汤馆"地处镇西头。平日从里到外，"老白羊汤馆"都脏乎乎的；今天突然变干净了。上午还脏，下午就干净了。地上扫过，桌子用滚水烫过，顶棚上有几个窟窿，临时糊了几张报纸；后厨犄角旮旯，也用铲子将油泥铲了一遍。里外一收拾，"老白羊汤馆"显得亮堂许多。"老白羊汤馆"左手，是一家卖羊杂碎的街摊，上午还在卖羊杂碎，下午让镇长赖小毛给赶走了；"老白羊汤馆"右手的摊主，是拔牙兼卖杂货的老余，下午也让赖小毛给赶走了。门前左右一打扫，"老白羊汤馆"前脸，马上显得开阔许多。陪市长请李雪莲吃饭的，有市政府的秘书长，该县县长郑重，法院院长王公道。一张桌子，共坐了五个人。其他市政府的随从，县政府的随从，县法院的随从，皆由拐弯镇的镇长赖小毛，拉到镇政府食堂吃去了。也是害怕阵势大了，一下把李雪莲吓住。派谁去请李雪莲来吃饭，县长郑重也颇费踌躇。郑重和王公道，都刚刚与李雪莲说顶了，不敢再招惹她，郑重便把这副担子，压到了拐弯镇镇长赖小毛身上。赖小毛今年四十来岁，是个矮胖子，平日说一句话，要带三个脏字；喝醉酒，还敢打人。他有一辆"桑塔纳3000"轿车，喝醉酒上了车，坐在后排，爱指挥司机开车。车开快了，他会急，扬起手，照司机脑袋上就是一巴掌：

"妈拉个×，你爹死了，急着回去奔丧？"

车开慢了，他也会急，扬起手，又是一巴掌：

"妈拉个×，车是你爹拉着？好好一辆汽车，让你开成了驴车。"

司机被他打跑过五个。镇政府的干部有四十多人，没有一个没被他骂过；镇下边有二十多个村，二十多个村长，没有一个没被他踢过。但赖小毛镇长当了五年，李雪莲就在拐弯镇下边的一个村里，年年告状，他却一直对李雪莲敬而远之。因为李雪莲告状，县上每年开年终会，都批评拐弯镇，说镇上"维稳"这一条没达标，不能算先进乡镇；赖小毛从县上开会回来，却交代镇政府所有的干部，宁肯不当这个先进，也不能阻止李雪莲告状。因李雪莲告状是越级，不阻止，她不找镇上的麻烦；一阻止，一不越级，这马蜂窝就落到了他头上。赖小毛：

"咱们在拐弯镇工作，心里也得会拐弯。"

赖小毛平时粗，谁知也有细的时候；如今郑重派他去请李雪莲喝羊汤，赖小毛虽然肚子里暗暗叫苦，但身子又不敢不去。赖小毛平日见人张口就骂，抬手就打；但见了李雪莲，胖脸却笑起了一朵花，张口就叫"大姑"。叫得李雪莲倒有些含糊。因为一个告状，咋招来这么多亲戚呢？李雪莲：

"赖镇长，法院王院长叫我表姐都有些勉强，你又降了一辈儿，给我叫姑，我听得身上起鸡皮疙瘩。"

赖小毛竖起眼睛：

"王院长叫你'表姐'，肯定叫得没边没沿，我从俺姥娘家算起,给你叫声'大姑',还真不算冤。我给你论论啊,我妈他娘家是严家庄的,我妈他哥也就是俺舅,娶的是柴家庄老柴的外甥女……"

掰着胖指头在那里数。李雪莲止住他:

"赖镇长,咱别兜圈子了,啥事吧?你要来说告状的事,咱就别说下去了。"

赖小毛:

"不说告状的事。大姑,我在镇上工作五年了,见到你,跟你说过告状的事没有?"

李雪莲想了想,点头:

"那倒真没有。"

赖小毛拍着手:

"就是呀,有仇报仇,有冤申冤,从三国以来,都属天经地义。我不拦人告状。我今天来,是请你去吃饭。也不是我请你吃饭,是咱市里的马市长请你,大姑,你面子大了。"

李雪莲马上又翻了脸:

"不管市长县长,请你吃饭,准没好事,不定心里憋着啥坏呢。"

又说:

"为啥平日不请,现在突然要请呢?还不是国家马上要开人代会了?"

转身就往院外走。赖小毛跳到她面前，用手拦住她：

"大姑，我同意你的看法，当那么大官，不会白请人吃饭，何况又是特殊时期；但就是'鸿门宴'，你今儿也得走一遭。"

李雪莲倒一愣：

"啥意思，要捆人呀？"

赖小毛：

"那我哪儿敢呀，我是求你老人家，不为别人，为我。"

又说：

"本来这事皮里没我，肉里也没我，谁知道天有不测风云，今天请你吃饭这事儿，就落到了我头上。"

又说：

"我也知道市长找你，又是劝你别告状；你不赞成，我也不赞成。但你赞成不赞成，那是你的事；吃饭去不去，却是我的事。你只要去了，哪怕跟他们闹翻了，也就跟我没关系了。"

又说：

"大姑，你这事儿太大，我这官儿太小，你从来都是跟上层打交道，这回别因为一个吃饭，把我扯进去了。鸡巴一个镇长，露水大的前程，你要不发慈悲，我立马就蒸发了。"

又说：

"我也上有老下有小，俺爹是你表哥，也八十多了，还得了脑血栓，嘴歪眼斜的，在炕上躺着，不知能活几天，大姑，你不可怜我，就当可怜我爹吧。"

身子堵住头门，屁股一撅一撅，开始给李雪莲作揖。李雪莲倒"噗嗤"笑了，照他脑袋上打了一巴掌：

"还镇长呢，纯粹一个泼皮。不就一顿饭吗，就是刀山，我走一趟就是了。"

在这镇上，都是赖小毛打人，哪里敢有人打赖小毛？除非他吃了豹子胆；现在挨了一巴掌，赖小毛倒捂着头笑了：

"我的大姑耶，这就对了，那谁都说，放下屠刀，立地成佛。"

欢欢喜喜，用他的"桑塔纳3000"，将李雪莲拉到了镇上。

李雪莲见到市长马文彬，还是客气许多。客气不是因为马文彬是市长，而是他戴着金丝眼镜，一派斯文；说话也很客气，没说话先笑；说完一段，又笑一回；让人觉得亲切。斯文的气氛下，大家不好一见面就闹起来。比斯文更重要的是，他说话讲道理。别人讲一件事只能说一层理，这理可能还说错了；他却能说三层理，还句句在理。一见面，马文彬根本不提告状的事，开始扯些家常。就是扯家常，也不是居高临下，先问别人家的事，譬如家里几口人呀、都干什么呀，等于打听人家的隐私，让人回答不是，不回答也不是；而是先拿自己开刀。他指指羊汤馆四壁，说自己也是农村出身，从小家里穷，当年最想吃的，就是镇上羊汤馆的羊汤。穷又吃不起，每天放学，便跑到羊汤馆，扒着羊汤馆的门往里张望。一次一个大汉，连吃了三碗羊汤。第三碗剩一个碗底，大汉向马文彬招手。马文彬蹭过去，那大汉说：

"你学三声狗叫，这碗底就让你吃了。"

马文彬"汪汪"学了三声狗叫，那大汉就把碗推给了他，他就把那碗底吃了。说得众人笑了，李雪莲也笑了。接着大家吃烧饼，喝羊汤，皆吃喝得满头大汗，气氛就显得更融洽了。马文彬又说，他小的时候，是个老实孩子，从来不会说假话；他有一个弟弟比他机灵，看他老实，便欺负他；弟弟每次偷吃家里的东西，都赖到他头上；放羊丢了一只羊，也赖到他头上；他嘴笨，说不过弟弟，每次都挨爹的打。他那时最苦恼的是，自己说的是真的，咋每次都变成了假的；弟弟说的都是假的，咋每次都变成了真的呢？这时李雪莲已进入他谈话的氛围和话题之中，不由脱口而出：

"我告状也是为了这个，明明是假的，咋就变成了真的呢？我说的明明是真的，咋就没人信呢？"

见李雪莲主动说告状的事，马文彬便抓住时机，开始说李雪莲告状的事。说李雪莲告状的事，也不从李雪莲说起，开始批评在座的县长郑重、法院院长王公道。这也是让他们在场的原因。马文彬批评他们工作方法简单，站到了群众的对立面；忘记了自己是人民公仆，在当官做老爷；比这些更重要的是，遇事不相信群众；就是不相信群众，作为一个人，也该将心比心；一个人告状，锲而不舍告了二十年，把大好的青春年华搭了进去，告到头发都白了，如果她没有冤屈，能坚持下来吗？如果是你们，你们能这么干吗？说得李雪莲倒有些感动，似乎在世上第一次遇到了知音。谁说政府没有好干部？这里就有一个。县长郑重、法院院长王公道被批得满脸通红，点头如捣蒜，嘴里说着：

"我们回去就写检查，我们回去就写检查。"

倒让李雪莲过意不去，对马文彬说：

"也不能全怪他们。"

又说：

"他们都当着官，他们也有他们的难处。"

马文彬拍了一下桌子：

"看看，一个农村大嫂，觉悟都比你们高。"

郑重和王公道又忙点头：

"觉悟比我们高，觉悟比我们高。"

马文彬又抓住这个机会，笑着问：

"大嫂，我再问你一句话，你想答答，不想答就不答，你上回说过不告状的话，他们都不信，就把话说顶了，现在，你说过的话，还能不能重说，或者，咱能不能把话再说回来？"

忙又说：

"不能说回来，咱也别勉强。"

李雪莲又被马文彬的话感动了，说：

"市长你要这么说，我不把话说死，我的话，现在还能重说。"

又指着郑重和王公道：

"我跟他们说过两回，我今年不告状了，他们不信哩。"

马文彬点着郑重和王公道说：

"像我小时候，说真话，当权者不信哩。"

大家笑了。马文彬又说：

"大嫂，咱纯粹是聊天啊，我接着再问一句，告状告了二十年，今年咋突然不告了？"

问的跟郑重和王公道前两回问的一样。李雪莲答的跟前两回也一样：

"过去没想通，今年想通了。"

马文彬又笑着问：

"大嫂，你能不能告诉我，过去没想通，今年为啥想通了？譬如讲，因为一件什么具体事，让你想通了？当然，像刚才一样，你想答答，不想答就不答。"

因为什么事想通了，这是前两回王公道和郑重忘了问的话；只顾追究其然，忘了追究其所以然；没问来由，所以无法相信；王公道和郑重忘了问的地方，市长现在问了；问明病因，才好对症下药；可见市长做事，在每个细节上，都比他们深入；这又是"小"的作用；这又是市长比他们高明的地方。郑重和王公道忙又佩服地点头。李雪莲：

"没因为啥具体事，我就是听了牛的话。"

李雪莲这么回答，是大家没有料到的；或者，弯拐得这么陡，让大家有些措手不及。大家愣在那里，马文彬也愣在那里，嘴有些结巴：

"牛？什么牛？"

郑重回过神来，忙说：

"说人呢，咋拐到了牛身上？"

李雪莲：

"二十年来，世上这么多人，没有一个人信我的话，只有这头牛信我的话；我告不告状，也听这头牛的话。过去我问牛，该不该告状，牛说'该'，我就告了；今年又问牛，牛不让我告了，我也就不告了。"

众人更是如坠云雾。秘书长也开始结巴：

"你这牛，是真的存在呢，还是跟我们说着玩呢？"

李雪莲：

"我不跟你们说着玩，这头牛是我养的。"

马文彬回过神来，问：

"我能不能见见这头牛，让它跟我也说一说？"

李雪莲：

"不能。"

马文彬一愣：

"为什么？"

李雪莲：

"前几天它已经死了。"

大家哭笑不得。郑重有些急了：

"大嫂，马市长跑这么远过来见你，也是一片好意，也是想帮你解决问题，你不该拿我们打镲，你不该这么奚落人。"

见郑重急了，李雪莲也有些急了，拍着巴掌：

"看看，跟我的案子一样，我把真的，又说不成真的了不是？"

马文彬止住郑重，微笑着对李雪莲说：

"大嫂，我相信这头牛是真的。"

接着说：

"那我们共同来相信这头牛的话，今年起不告状了，好不好？"

李雪莲：

"这里可有分别。"

马文彬：

"啥分别？"

李雪莲：

"牛说行，你们说不行。"

马文彬不解：

"为什么？"

李雪莲：

"牛不让我告状，是说告状没用；你们不让我告状，是让我继续含冤，这可是两回事。"

马文彬一愣：

"大嫂，我们找你来，不就想帮你解决问题吗？"

这时李雪莲哭了：

"你们别骗我了，你们要觉得我冤，不用过来找我，早把案子给我翻过来了。"

指着郑重和王公道：

"你们跟他们一样，来找我，还是想糊弄我，怕我去北京告状，撤了你们的职。"

又说：

"你们要想帮我，平时咋不来呀？全国一开人代会，你们咋接二连三地来呀？还不是想糊弄过这几天，接着又撂下不管了？"

马文彬皱了皱眉，这才知道李雪莲这个妇女的厉害。找她是来解决问题，没想到让她奚落一番——牛都张嘴说话了。

双方过招，他倒钻了这妇女的圈套。早知这样，就不问其所以然了，就不问到牛了。可不问所以然，怎么对症下药呢？当然，钻了别人的圈套，出来一头牛，马文彬也不怕；他来，就是试探一下事情的深浅。现在，通过一头牛看出，事情已经无可救药了。她说不告状，就是还要告状。或者，她在胡搅蛮缠。王公道和郑重的判断还是对的。事情无可救药马文彬也不怕，如同使用干部，干部犯了错误，分有可救药型和无可救药型两种：有可救药者，还有得说；无可救药者，干脆连话都不用说了。秘书长看马文彬皱眉，忙站起说：

"今天谈话就到这里吧，马市长市里还有会。"

马文彬站起身，这时又满面笑容：

"大嫂，我还有事，就先走了，你按你的去做，一切不必勉强。"

然后出门走了。秘书长，县长郑重，也忙跟了出去。只剩下法院院长王公道收拾残局。王公道抖着手：

"大表姐，你说的这是哪儿跟哪儿呀，说案子就说案子，咋说到牛身上了？你这不是骂人吗？"

李雪莲擦着泪：

"我没骂人。"

王公道：

"拿畜牲跟人比，还不叫骂人？"

抖着手在地上转圈:

"宁肯听畜生的话,也不听政府的话,这不等于说,各级领导,连畜生都不如吗?"

李雪莲急了:

"咋我说啥,你们都不信呢?我说啥,你们都往坏处想呢?"

又说:

"如果是这样,今年我还得去告状。"

王公道拍手:

"看看,终于又说实话了吧?"

· 四 ·

　　李雪莲家院子有三分地大，正北三间瓦房，东边一间厨房，西边两间牛舍。三间瓦房还是二十二年前盖的，那时他和秦玉河已结婚六年了，儿子也五岁了。为扒掉草房，盖三间瓦房，李雪莲不但养牛，还养了三头老母猪；瓦房的一半木料砖瓦，是靠卖牛犊和猪娃换来的；秦玉河在县化肥厂开卡车，木料砖瓦的另一半，是靠他加班拉化肥挣来的。秦玉河白天拉过化肥，晚上连轴转，又拉，两眼熬成了红灯笼。半夜开车，常打瞌睡，有一次一头撞到了路边的槐树上；修车花去两千多块钱，只好从头再挣。那时她和秦玉河也吵架，但吵归吵，大家在一条道上；吵来吵去，大家还是一条心。没想到瓦房盖好一年多，秦玉河就变了心。这时李雪莲也有些后悔，当初不该因为怀孕，与秦玉河闹假离婚。大半年见不着面，这假的就变成了真的。

这时两人不吵架了，开始打官司。官司一直打了二十年，头发都花白了，还没有个结果。更让李雪莲后悔的是，当初假离婚的馊主意，还是她出的。比这些更让李雪莲窝心的是，当初闹假离婚是为了生下后来的女儿；谁知女儿长大之后，跟李雪莲也不是一条心。

经过二十二年的风吹雨打，房子已经有些破旧。夏天秋天雨水大，北屋的后墙，已经被雨水打酥了；其他三面墙的外砖，也时常"扑簌""扑簌"往下掉砖末子。屋里的墙皮，也脱落了一大半。十年前，房顶开始漏雨。二十年都在告状，换成别人，会无心修缮这房。告状头十年，李雪莲也无心管房的事；不但无心管房的事，也无心收拾家，屋里屋外，成了猪窝；不但无心收拾家，也无心收拾自个儿，衣裳脏了不知道换，头发乱得像个鸡窝；一人走在路上，远看像个要饭的，倒跟告状的身份相符。但十年过去，告状成了常事，也就习惯了。习惯并不是习惯这种东奔西走的日子，而是偶尔病了，出不得门，对窝在家里的生活反倒不习惯了。不告状，也不知道该干啥。正因为习惯了，告状本身成了日子，反倒回头收拾自个儿和自个儿的家和屋子了。头发剪短了，衣裳常洗，出门告状之前，浑身上下收拾得干干净净。屋子的外墙和内墙，收拾起来花工夫太大，但房子漏雨不能不管，她花钱雇人，把房顶的破瓦揭下，换成新瓦，又用石灰勾了缝，下雨马上就不漏了。屋子内墙四处脱皮，她拿一把扫帚，将脱下的墙皮扫下，虽然四面墙显得疤疤癞癞，跟花瓜似的，看上去起码利索许多。在家的时候，屋里屋外，打扫得干干净净。贴着院墙，又种了一趟串红，一趟鸡冠花。陌生人进来，看不出这是个告状的人家。

三间正房里，又分三间，分别用隔扇隔着。左间，是盛粮食和杂物的地方。中间，是过厅。右间，是睡觉的地方：二十一年前，这里是李雪莲和秦玉河的卧室；现在，天天只剩下李雪莲一个人。靠窗的墙头，挂着一个小学生算术本。这算术本上，记着李雪莲二十年告状的经历。二十年过去，这小学生算术本已皮开肉绽，脏得像一块破抹布。但就是这块破抹布，记着李雪莲告状去过的所有地方，见过的所有人；也一天天看着李雪莲的头发如何由乌黑变成了花白，腰口如何由杨柳变成了水缸。她盼着这算术本，有一天能帮她把假的变成假的，也就是把真的变成真的；但二十年过去，假的还是真的；或者，真的还是假的。同时，一顶潘金莲的帽子，戴了二十年，也没摘下来。十年前，李雪莲差点疯了。后来年年如此，像年年告状一样，同样也习惯了。李雪莲年年告状，省里、市里、县里都知道，但对她一次次告状的经历，时间一久大家都忘记了，只记得一个"告状"；时间一长，李雪莲对告状的许多细节也模糊了；唯有这个算术本，桩桩件件，记得牢靠。不但细节记得牢靠，像生意人做买卖记账一样，最后还有一个统计。据李雪莲统计，二十年来，在年年的全国人民代表大会召开期间，她到北京告过十九次状。其中，被当地警察拦住十一次；半道上，被河北警察拦住过三次；还有五次到了北京，被追过去的该县警察在旅馆里找到三次，也就是被"劝回"三次；剩下两次，一次到了长安街，被北京的警察扣住；一次终于到了天安门广场，又被广场的警察扣住。这么说起来，二十年的告状，一次也没成功过，一次也没有像头一次去北京那样，闯进了大会堂。但正因为如此，李雪莲才要继续告状。让李雪莲不明白的是，二十年来，李雪莲告状从没成功过，从省里、市里到县里的各级政府，为啥对她的告状还草木皆兵呢？害得法院院长给她叫"大表姐"，镇长给她叫"大姑"。也许这正是李雪莲没想到的，正因为她一次都没有成功过，从省到市到县各级政府，才不怕一万，就怕万一呢，才越到后边越紧张呢。

但今年李雪莲不准备告状了。不准备告状不是这状不能告了，或各级政府把她吓住了，或二十年年年告状，天底下没有一个人信她的话，她自个儿灰心了，而是天底下有一个人信她的话，这个人死了。这个人也不是人，是她家里的一头牛。二十一年前，这头牛还是头牛犊，跟着它妈。二十一年前，李雪莲跟丈夫秦玉河商量假离婚时，就在家里的牛舍。牛舍里拴着一头母牛，还有一头牛犊，在撞着母牛的下裆拱奶吃。除了这两头牛，世人无人听到这假离婚商量的过程。正因为无人听到，就给了秦玉河可乘之机；大半年之后，他跟另一个女的好了，便把假离婚说成真离婚，跟那个女的结婚了。正因为当时没人听到，李雪莲二十年告状没有结果。十年前，李雪莲见年年告状没有结果，有一段差点疯了；出门见人说话，语无伦次；见到她的人，都说她神经了。她的女儿当时十岁，也觉得李雪莲疯了，晚上不敢跟她在一起睡觉，睡觉跑到邻居家。李雪莲自己也觉得，当时神经有些错乱，白天见人嘻嘻笑，晚上便跑到牛舍里，教牛说话。希望有一天牛能说话，帮她洗冤。但牛哪里会说话呢？有一天老牛突然死了，剩下它的女儿；它的女儿这时也十一岁了，比李雪莲的女儿还大一岁；十年过去，也牛到中年了；倒是女儿见它娘死了，眼中涌出了泪。李雪莲上去踢它一脚：

"你娘死了，你知道哭，我十年的冤屈没人理会，你咋不哭？"

那牛便仰脸看李雪莲。李雪莲：

"你不会说话，不会点头和摇头呀？十一年前离婚那场事，你也在场，你说说，当时到底是真的还是假的？"

没想到那牛竟摇了摇头。李雪莲扑上去搂住它，大放悲声：

"我的儿，世上有一个人，开始信我的话了。"

听李雪莲在大哭，邻居们以为她又犯了神经，赶来劝她，还以为她在哭老牛死了呢。等邻居们走后，李雪莲又问那牛：

"你再告诉我,我这状还告不告了?"

牛又点点头。李雪莲这才又鼓起告状的勇气。本来要神经了,又开始不神经了。又十年过去,这头牛也二十一岁了,一天夜里,也要死了。临死之前,两眼看着李雪莲。李雪莲着急地拍它:

"我的儿,你千万别死呀。你一死,世上又没一个人信我的话了。"

牛眼中也涌出了泪。李雪莲又赶紧问:

"临死前你告诉我,我这状,还告不告了?"

牛摇了摇头。接着喘息几声,闭上了眼睛。李雪莲扑到它身上大哭:

"王八蛋,连你也不信我这官司能打赢呀?"

又哭:

"世上一个信我的人都没有了,我这状,还告个尿哇!"

别人家死牛都卖到镇上杀锅上,李雪莲家十年间死了两头牛,都没卖杀锅,皆拉到河滩上埋了。女儿的坟,挨着它娘。牛摇过头死了之后,李雪莲决定,准备听牛一句话,从今年起不再告状了。说起来,也不完全是听牛的话,是告状告了二十年,快把李雪莲拖死了;人没累死,心累死了;牛埋了,把自个儿折腾的心也埋了。但她把牛的事说给市长马文彬他们,马文彬他们不信,不但以为她又在说假话,还以为她在奚落他们,拐着弯骂他们，把他们气跑了。同时还差点把法院院长王公道气疯了。李雪莲倒不怪他们，牛的话，说给市长县长法院院长他们不信，把这话说给别人，世上又有谁会信呢？让李雪莲生气的是，全世界这么多人，怎么就没人信李雪莲一回呢？或者，怎么都不如一头牛呢？

　　但一头牛的话，还不是李雪莲决定今年不告状的全部原因。比牛更重要的，是她听了她中学同学赵大头一句话。二十年前，赵大头在该省驻京办事处当厨子。李雪莲头一回进京告状，就住在赵大头的床铺上。那回李雪莲闯进了大会堂，酿成了政治事故，按说也应该追究赵大头的责任；但那回国家领导人替李雪莲说了话，事后追究责任，从上到下，只顾处理造成李雪莲告状的当地官员，无人敢追究李雪莲这条线。赵大头平平安安在北京又当了十八年厨子；五十岁退休回乡，又在县城一家叫"鸿运楼"的饭馆打工当厨子，挣些外快。赵大头的老婆前年得乳腺癌死了，儿子结婚另过，家里剩下赵大头一个人。赵大头便常骑着自行车，从县城来看李雪莲。李雪莲家里的牛死的第二天，赵大头又来看李雪莲。两人坐在院里的枣树下，李雪莲对赵大头说牛的事，问赵大头：

　　"牛会说话你信不信？"

　　赵大头也不信牛会说话，劝李雪莲：

　　"知你心里憋屈，别再胡思乱想了。"

李雪莲瞪了赵大头一眼：

"知道你就不信。那么我再说一句，今年我不准备告状了，你信不信？"

告状告了二十年，今年突然不告了，赵大头也吃了一惊。愣了半天，接着问得也跟法院院长和县长一样：

"已经告了二十年，今年为啥不告了？"

李雪莲：

"我听了牛一句话，牛临死时对我说，不让我再告了。"

赵大头倒拍了一下巴掌：

"不管牛会不会这么说，反正我早想劝你一句，就怕你跟我急。"

李雪莲：

"你想劝我个啥？"

赵大头：

"和牛一样，这状不能再告了。一口气告了二十年，不是也没个结果？"

李雪莲：

"正是因为没个结果，我才要告呀。"

赵大头：

"我说的不是这个意思。折腾了二十年，本来是要折腾别人，没想到恰恰折腾了自个儿。我问你，这告状的根儿，当初是谁种下的?"

李雪莲:

"秦玉河个龟孙呀。"

赵大头拍着巴掌:

"这不结了。你告状告了二十年,也没耽误人家过日子;折腾来折腾去,人家老婆孩子热炕头一直过着,可不就剩下折腾你自己?看,头发都白了。"

李雪莲:

"正是这样,我才忍不下这口气呢。"

赵大头:

"那我再问你,你说你们二十一年前离婚是假的,秦玉河说真的,他为啥这么说?"

李雪莲:

"他又找了个婊子。"

赵大头又拍巴掌:

"这不又结了。人家跟婊子过上了新日子,你还在折腾旧日子,人家当然不会承认你们离婚是假的。他一日不松口,你就一日告不赢。"

李雪莲:

"我算栽到了这个龟孙手里,当初把他杀了就对了。"

赵大头:

"照我的意思,当初把他杀了也不对,当初你应该学他。"

李雪莲一愣:

"咋学他?"

赵大头:

"也找个男人结婚呀。他能找,你也能找,跟他比着找。在这上头赌气,比跟他折腾过去的真假管用多了。你早这么做,也热乎乎过了二十年,不至于把自个儿老在告状路上。"

李雪莲又愣在那里。别看赵大头上中学时是个窝囊废,又当了一辈子厨子,关键时候,倒说出了别人没说出的道理。也许他上中学时说不出来,当了厨子就说出来了;也许他二十年前说不出来,现在就说出来了。二十年前,李雪莲也这么想过,还去化肥厂找了秦玉河一趟。当时,只要秦玉河说一句真话,说出离婚的真假,她就不再纠缠过去;或者,她就放下过去的恩怨,去开辟新的生活;但就是那天,秦玉河又说出潘金莲的话,又把李雪莲逼到了告状路上;二十年后,李雪莲也有些后悔,如果李雪莲当初不理会秦玉河,重打鼓另开张,去找新的男人,说不定如今也过得热气腾腾,不至于二十年过去,竹篮子打水一场空。但李雪莲说:

"事到如今,说这些还有啥用呢?"

赵大头:

"有用。事到如今,想找人也不晚。"

李雪莲照地上啐了一口：

"四十九了，头发都白了，就是想找，谁要？"

赵大头马上说：

"我呀。"

李雪莲愣在那里。她以为赵大头在开玩笑，看赵大头的神色，又十分认真。但李雪莲一下转不过弯来。转不过弯来不是转不过再嫁赵大头这弯，而是二十年一直想着告状，一直想着跟秦玉河结婚再离婚，折腾个鱼死网破，从无想过再嫁别人。同时，一下面对面说这话，李雪莲脸上也挂不住，李雪莲上去踢了赵大头一脚：

"我都这么难了，你还拿我打镲。"

赵大头：

"这不是打镲，你我都是一个人，这么办，咱俩都合适。"

李雪莲：

"人人都知道，我可是潘金莲。"

赵大头：

"我喜欢潘金莲，我喜欢风流的女人。"

李雪莲又上去踢了他一脚：

"看，还是拿我打镲吧？"

赵大头边笑边躲：

"我不信，我不信你姓潘成了吧？"

又正色说：

"我劝你想想，这比告状可强多了。"

赵大头走后，李雪莲真想了一夜。第二天早上，觉得赵大头的话，比死去的牛的话实在多了，也实用多了。牛不让李雪莲告状就是一句空话，只说不让告状，没说不告状之后怎么办；赵大头不让李雪莲告状，却给李雪莲指出了另一条出路。如能再嫁人，也就不用告状了。如要再嫁人，告状也就不成立了。同时，潘金莲另嫁他人，潘金莲也就不是潘金莲了。但话是这么说，一下嫁给赵大头，对李雪莲又有些突然。说突然，也不突然，赵大头不是昨天才认识的陌生人，三十多年前，两人就是中学同学。那时赵大头就对李雪莲有意思，常悄悄从课桌后给她递"大白兔"奶糖。高中快毕业前的一天晚上，赵大头把李雪莲叫到打谷场上，搂住她就要亲嘴；只是李雪莲假装发火，推了他一把，把他吓回去了。二十年前去北京告状，李雪莲住在赵大头屋里，半夜赵大头进屋，黑暗中打量李雪莲；李雪莲突然说话，"大头，该干吗干吗吧"，接着打开灯，把赵大头又吓回去了。赵大头三十多年前窝囊，二十年前窝囊，事到如今，他却不窝囊了，敢面对面跟她说嫁他的话。赵大头不怕潘金莲。赵大头不是过去的赵大头了。李雪莲真动了心思。但从告状到再嫁人，也不是一句话能磨转过来的。这弯拐得还是有些陡，李雪莲得有一个适应过程。于是给市长马文彬说自个儿不再告状的原因时，只说了前一半，没说后一半；只说了牛的事，没说再嫁人的事；更没说再嫁人不是空话，有一个现成的人在等着她，这人在县城"鸿运楼"饭馆当厨子，名字叫赵大头。正因为只说了牛的事，没说赵大头，就把市长马文彬等人气着了，以为是拿他们打镲。马文彬等人一生气，也把李雪莲气着了。如果法院院长、县长、市长今年不轮番找李雪莲谈话，李雪莲先听牛的话，再听赵大头的话，今年也就不告状了；法院院长、县长、市长一级级逼她，不让她告状，李雪莲也看出来了，这逼也就是糊弄，想糊弄过去全国开人代会这一段时间，明显不是替李雪莲着想，而是替他们自己考虑，怕她去北京告状，撤了他们的职；李雪莲看穿这一点，反倒又要去北京告状了。她和赵大头的事，可以放一放。已经放了二十年了，再放一段时间，也不会馊到哪里去。就算要嫁赵大头，在再嫁之前，她得先出了这口气。哪怕再告最后一年，也把这口气出来再说。这时的告状，就成赌气了。这时的告状，已经脱离了本来的告状，矛头对准的不是前夫秦玉河，而是法院院长、县长和市长了。

五

　　与李雪莲在镇上羊汤馆谈崩之后,市长马文彬离开拐弯镇,坐在车上,一言不发。他旁边坐着县长郑重,前排副座上坐着市政府秘书长。马文彬在车上不说话,别人也不敢说话。乡村公路有些颠簸,有些拐弯,黑夜里,只看到前方的车灯高低起伏。一路颠簸到高速路口,车上鸦雀无声。到了高速路口,马文彬等人要回市里,郑重等人要回县里,郑重从马文彬车上下来;后边跟上来的县上的车,也忙停在路边;郑重跟县上一帮人,站在路边,目送马文彬等人离去。马文彬的车进了高速路收费口,突然停住,又倒了回来。郑重赶忙跑了上去。马文彬摁下车窗的玻璃,望着远处的黑暗,仍不说话。郑重只好站在车旁干等着。马文彬又将目光转向高速公路,看着一盏盏急速驶过的车灯。看了半天,终于说:

"我对这个农村妇女,已经彻底失望了。"

听马文彬说出这句话,郑重浑身哆嗦一下。如是一个干部,市长马文彬说出对谁"彻底失望"的话,等于这个干部的政治生命已经终结了。但李雪莲不是干部,就是一个告状的农村妇女;但从市里到县里,竟无人能奈何她。马文彬从远处收回目光,又叹息一声:

"看来,我们都小看她了。"

郑重不知如何回答好。附和,除了贬低自己,等于也贬低了马文彬。在镇上羊汤馆,大家都听出来了,马文彬被这农村妇女奚落了,或骂了,这是大家没有想到的;不附和,一时也想不出反驳的理由。只好张张嘴,又合上了。马文彬看了郑重一眼,推了推自己的金丝眼镜:

"既然这样,就按你的方法办吧。"

对马文彬这句话,郑重一时没有反应过来。按郑重的方法,郑重是什么方法?是郑重的哪一种方法?但郑重又不敢明问。他突然想起,自己在邻县当常务副县长时,曾处理过群众围攻县政府的事,用的是针锋相对的方法,这时明白了马文彬的意思,便答:

"我回去就把她抓起来。"

又说:

"借口,总能找到。"

谁知郑重误会了马文彬的意思。马文彬皱皱眉：

"不是让你抓人。人怎么能乱抓呢？借口不当，后患无穷。二十年前，从市里到县里，一下撤了那么多人，不都是因为一抓，把她关进了拘留所？你总不能关她一辈子吧？再说，她可不是普通的农村妇女，她的名字，跟过去的国家领导人连着呢。虽然老人家已经不在了，但这事的影响，还是不能低估。她是当代的'小白菜'呀。她是一个名人呀。出了这个县这个市，没人知道马文彬和郑重是谁，但大家都知道这里出了个'小白菜'。她的名声，比你我都大多了。她不是'小白菜'，她不是'潘金莲'，也不是'窦娥'，她的确是哪吒，是孙悟空。怎么能动不动就抓呢？一抓，恐怕又抓瞎了！"

说着说着，有些想动怒。郑重身上，立马出了一层冷汗。他怪自己说话快了，把领导的话一时理解歪了，领导便把整个晚上的怒气，发到了他头上。好在马文彬有涵养，刚想动怒，又平静了：

"这事跟你在邻县当副县长不同，那是群众围攻县政府，到了'小白菜'这里，人家可没有围攻你。什么事情都不能照葫芦画瓢，明白了吗？"

郑重平日反应挺快，现在脑袋空了，不知接着该如何回答，是明白了，还是不明白；也怕再答错了，马文彬再发火。这时市政府秘书长从车窗里探出脑袋，赶紧打圆场：

"马市长说得对,不同性质的事情,要用不同的方法去解决。"

又用开玩笑的口气说:

"既然她没有围攻县政府,我们只好采取下策,让人围攻她了。"

郑重终于明白了马文彬的意思,是让县上派人盯住李雪莲,不让她走出该县,到北京告状。但这种方式,既不是郑重的发明,也不是什么新方法;为了拦截上访的群众,各地政府经常这么做。郑重这时明白了马文彬发火的原因,并不是针对郑重,而是针对他自己:对一个告状的农村妇女,马文彬折腾一番,也没找到对付她的更好办法;白忙活一晚上不说,又得采取下策,用堵的办法。马文彬喜欢创新,喜欢做别人做不到的事情;到头来别人做不到的,他也做不到。恼怒恼怒在这个地方。为了替马文彬解围,郑重忙说:

"问题出在我们县,责任就在我们县,请马市长和秘书长放心,我们一定采取措施,劝解她留在家里,不再去北京告状,影响全国人代会的召开。"

· 六 ·

从第二天起，李雪莲家四周，站了四个警察，日夜盯着李雪莲。警察都穿着便衣，吸着烟，不停地走动。被警察看着，对李雪莲已不是头一回。二十年间，一到全国开人代会，李雪莲家四周，都会站这么几个人。有时是三个，有时是四个。有时赶上县政府或市政府换届，也会来上两三个。由于年年如此，不管是警察，还是李雪莲，都已经习以为常。大家见到，还相互打招呼。因李雪莲不是犯人，大家平日无冤无仇，这些警察见到李雪莲倒很客气，都笑着叫"婶子"。下一年来的几个人中，往往会有一两个上一年来过的。李雪莲见到会问：

"又来了？"

那人便笑：

"婶子，又来给你当保镖了。"

李雪莲在院子里活动,他们不管;李雪莲出门,他们便跟在身后。李雪莲:

"我这是多少辈积的德呀,一下有了这么多跟班的。"

身后的警察便说:

"可不,美国总统,也就这待遇了。"

李雪莲在家时,警察渴了,也进来要水喝。李雪莲也拿起暖水瓶,给他们倒水。

今年来的四个警察,俩老人,俩新人。其中一个新人,是过去在镇上卖肉的老胡的儿子,在镇上派出所当编外警察。二十年前,李雪莲要杀秦玉河,先找弟弟帮忙,弟弟躲到了山东;李雪莲又去镇上找杀猪匠老胡。为了骗老胡,李雪莲没说杀人,只说让老胡帮着打人。为了一个打人,老胡提出"先办事,后打人";李雪莲要"先打人,后办事"。后来李雪莲到当时的市政府门前静坐,被警察关进了拘留所;从拘留所出来,李雪莲又要杀人,又去找老胡,答应老胡"先办事,后杀人";老胡一听是杀人,而且是杀好几个人,一下子厌了。现在老胡瘫痪在家,也不去集上卖肉了。警察们来的第二天,李雪莲才知他是老胡的儿子。老胡长得低矮,胖,一身黑膘肉;谁知老胡的儿子小胡,却长得眉清目秀,细胳膊细腿。知他是老胡的儿子,李雪莲便与他拉话。谁知几句话拉过,李雪莲便知这孩子不靠谱。李雪莲说:

"原来你是老胡的儿子，老胡现在咋样了？"

小胡：

"不咋样，还在床上躺着呢，离见阎王也不远了。"

李雪莲：

"今年咋轮到你看我了？"

小胡：

"欺负我呗。上个月跟所长顶了嘴，他就把这糟改事，派到了我头上。"

李雪莲：

"看人不好吗？不比抓人强？"

小胡：

"你说得轻巧，夜里你焐着热被窝在床上睡大觉了，我们还得在冷地里站着。虽说立春了，夜里也寒着呢。"

李雪莲：

"谁让你们看我了？"

小胡：

"婶子，啥也别说了，不怪你，不怪我，就怪全国开人大。"

李雪莲倒被他逗笑了。

说归说，笑归笑，李雪莲还是要告状。要告状，就不能被他们看住，就得逃跑。不逃跑，就无法到北京告状。无非离全国开人大还有七天，早去了没用。往年也逃跑过；逃跑一般都在夜里;有逃跑成功的,也有不成功的。这天赵大头又从县城骑自行车来看李雪莲,见李雪莲院子四周站了四个警察;他与其中一个也认识,与那人打过招呼,进门对李雪莲说:

"中国有俩地方,布岗才这么严。"

李雪莲:

"哪俩地方?"

赵大头:

"一个是中南海,一个就是你家。"

两人在枣树下坐下。赵大头:

"上一回那事,你想得咋样了?"

李雪莲一愣:

"啥事?"

赵大头:

"就是咱俩结婚的事。"

李雪莲:

"大头,不管我想得咋样,这事儿都得往后搁一搁。"

赵大头一愣:

"为啥?"

李雪莲:

"在考虑这事儿之前,我还得先告状。"

赵大头又一愣:

"上回你不是说听牛的话，不告状了吗？就是不听牛的话，也该听我一句话呀。"

李雪莲便将与市长在镇上羊汤馆会面的事，如何引起的冲突，如何不欢而散，一五一十，来龙去脉，给赵大头说了。李雪莲：

"他们欺人太甚。"

说着说着又生气了：

"本来我不准备再告状了，说给他们，他们就是不信，把我当成了骗子；我说听了牛的话，他们认为我在骂他们。上回我给你说牛的事，你就能听懂；说给他们，他们怎么就不懂呢？为啥我说什么，他们都往坏处想呢？不把我当成坏人，能派警察看着我吗？他们步步紧逼，又把我逼上梁山了。原来不告状是为了自个儿，现在不告状就成了窝囊废；不去告状，他们还以为是警察看死了我呢。原来告状是为了告秦玉河，现在告状是为了告这些贪官污吏。既然他们把我当成了坏人，我不能让他们消停。他们怎么还不如一头牛呢？"

赵大头听后，也觉得市长他们不懂事。李雪莲本来不准备告状了，他们又把矛盾激化了。他们把矛盾激化没有什么，却耽误了赵大头的好事。赵大头搔着自个儿的大头：

"能不能不跟他们一般见识呢？还按咱们原来说的，放下告状，过咱们的安生日子？"

李雪莲：

"不能。事情逼到这种份儿上，我咽不下这口气。心里有口气在，就是咱俩结婚，我也过得不痛快。"

赵大头看到事情无可挽回，不禁有些发愁：

"没想到事情成了成了，又出了这么大的变故。"

李雪莲这时说：

"大头，我想求你一件事。"

赵大头一愣：

"啥事？"

李雪莲指指院外：

"院外有四个人看着我，我要想告状，就得从家里逃出来，我一个人对付不了他们，你能不能帮我逃出去？"

这又是赵大头没有想到的。赵大头：

"是让我帮你打架吗？"

李雪莲：

"打架行，不打架也行，只要能帮我逃出去。"

赵大头又犯了愁：

"我一个人，打不过他们四个人呀。"

又说：

"再说，这是与政府作对的事，后果很严重呀。"

李雪莲不禁火了：

"我都跟他们作对二十年了,你连一回都不敢作对,还想着跟我结婚;两人想不到一块儿去,就是到了一块儿,这日子也过不成!"

赵大头慌了:

"你别急呀,我这不是在考虑吗?你连考虑都不让呀?"

李雪莲倒被他气笑了,说:

"大头,考验你的时候到了。二十年前,我曾经考验过在镇上卖肉的老胡,老胡没经得住考验,你可不要学老胡呀。"

赵大头:

"老胡我倒不是老胡,只是一时想不出好法子呀。"

李雪莲:

"你回去好好想吧。离北京开人代会,就剩一个礼拜了;三天后来见我,帮我逃出去。"

但三天之后,赵大头没有来。李雪莲知道,一考验,又把赵大头考验出来了;赵大头也成了二十年前在镇上卖肉的老胡,光想着与她成就好事,不想沾惹另外的麻烦;见麻烦来了,转身就溜了。没有赵大头,李雪莲也不能不逃。逃跑要在夜里。但这天是阴历十五,天上一个大月亮,把地上照得雪白。一更、三更、五更,李雪莲从茅房扒着院墙往外看,四个警察都吸着烟在溜达呢;明显不是机会。硬着扒墙往外跑,被他们发觉了,李雪莲四十九了,这些警察都二三十岁;李雪莲是一个人,他们是四个人；李雪莲也跑不过他们。一次逃跑没有成功，反倒让他们提高了警惕，说不定第二天就会来七八个警察，那样就更不好逃了。在过去的二十年里，李雪莲吃过好几回这样的亏，只要一次没逃成，被他们抓住了，他们就会增派警力，下次更不好逃了。一直等到天亮，李雪莲没敢动作；天亮后，太阳升起来了，大日头底下，更不好逃了。

一天无话，到了晚上。李雪莲盼着天阴，谁知天仍很晴朗，万里无云；天刚傍黑，一个大月亮，又迎头升了上来。李雪莲便骂，连天都不帮她的忙。这时有人拍门。李雪莲以为是警察寻水喝，打开门，却是赵大头。赵大头推一自行车，车的后座上，驮一大纸箱。李雪莲没好气地：

"你不是不敢来吗？咋又来了？"

赵大头把李雪莲推到院子里，从自行车上，开始往下卸纸箱。纸箱打开，从里边掏出三只烧鸡，四只酱猪蹄，还有五个卤好的兔脑袋；又"嘀哩咣当"，掏出六瓶"老白干"。李雪莲看得呆了，突然明白赵大头的用意，拉过赵大头的大头，照他脸上亲了一口：

"好你个大头，我以为你没种了呢，谁知你在想计谋；我以为你是个榆木脑袋呢，谁知里边还有不少鬼点子。"

赵大头挥挥手：

"赶紧点火，再去炒几个热菜。"

待酒席在正房安置好，赵大头出门去寻警察。虽已立春了，夜里也寒，四个警察，捡了一些树枝，在西墙外烘了一堆火，四个人伸出八只手，正蹲着向火。赵大头与其中一个认识，便喊：

"老邢，别在风地里冻着了，进屋喝酒吧。"

老邢站起来，笑了：

"正执行任务呢，哪里敢喝酒？"

赵大头：

"不就是看人吗？人在屋里，在屋里眼睛不错珠地看着她，不比在院外保险？"

四个人相互在看。赵大头：

"再说，你们看这人，其实也不用看了。"

老邢：

"啥意思？"

赵大头：

"你们看她的目的，不就是不让她去告状吗？今年跟往年不同，今年她不告状了。"

老邢一愣，接着冷笑：

"这话谁信呢？"

赵大头：

"李雪莲要和我结婚了。今天这酒，就是定亲酒。她要跟我结婚，还会去告过去的离婚吗？"

四个人又相互看。老邢：

"真的假的呀？"

赵大头：

"这事开得了玩笑吗？就是我想开，人家一正经妇女，也不会跟咱开。这人，今年你们算白看了。"

老邢搔着头：

"你说的，倒也入情入理；就怕进屋喝酒，让所长知道了，回头再骂我们呀。"

谁知老胡的儿子小胡，率先离开火堆，进了院子：

"人家都要结婚了，我们还在外边傻冻着，不是有病呀？"

其他三个人相互看看，也犹豫着跟进了院子。

酒从晚上八点喝起，一直喝到夜里三点。一开始大家还有些拘谨，老邢还对这喝酒有些戒心。但看李雪莲欢天喜地在炒菜；上菜的时候，靠在赵大头身上，让赵大头往她嘴里送猪蹄筋；终于相信赵大头的话是真的。酒一喝开，就没了边。一开始是对喝，后来又划拳。不知不觉，三只烧鸡，四只猪蹄，五个兔脑袋，全到了人肚子里；李雪莲炒的六盘菜，只剩下些汤汁；六瓶五十七度的"老白干"，也进了他们五个人的肚子，平均每人一斤多。赵大头到底当了一辈子厨子，一斤多酒下肚，没事人一样。老邢，小胡，全喝得倒在桌下，昏睡起来。还有一个警察去了茅房,栽倒在茅坑旁。剩下一个醒着的,也想上茅房,但腿软得站不起来。赵大头和李雪莲从容地收拾了行李;收缴了四个警察的手机,装到一个布袋里,扔到房顶上;将自行车推出院子,将院门反锁上,趁着月光上了路。屋里那个醒着的警察,终于明白了是怎么回事;想站起来追人,但腿软得站不起来;挣扎着爬到院子里,爬到院门前,用手拍着院门,大着舌头喊:

"回来,你给我回来!"

赵大头骑着自行车,李雪莲坐在后座,搂着赵大头的腰,早已走出二里开外。

· 七 ·

李雪莲跑了,县里、市里大乱。一开始没乱到市里。第二天一早,县长郑重闻知李雪莲跑了,大吃一惊;他没敢往市里汇报,还想把事情局限在县里解决;用县里的警力,把李雪莲找回来。李雪莲逃跑,肯定是往北京告状。他连忙布置警力,盘查县里所有的汽车站;有一条铁路路过该县,县境内有一个小客站,慢车停,快车不停,又赶忙派人往火车站盘查;另外,凡是去北京的路口,都派警力堵截;不但堵截去北京的路口,北京在北边,凡是往北去的路口,高速公路路口,省级公路路口,市级公路路口,县级公路路口,乡村公路路口,连各村往北去的小道,都布置了堵截的警力。总共动员警力四百多名。但一天过去,四百多人,没有堵住一个人。这时市长马文彬,已经从公安这条线上,知道李雪莲从家里逃跑了。马文彬主动

给郑重打了个电话,头一句话是:

"郑县长,听说你今天很忙啊。"

郑重便知道纸包不住火,事情已经露馅了,忙说:

"正要往市里汇报呢。"

马文彬:

"给市里汇报顶什么用?我想知道的是,兴师动众,找到这个农村妇女了吗?"

郑重只好如实答:

"还没有。"

马文彬不禁有些动怒:

"我说过多少回了,'千里之堤,溃于蚁穴',要'防微杜渐',不要'因小失大',怎么一而再、再而三,总在小的细节上出问题呢?一个县那么多警察,怎么连一个农村妇女都看不住呢?事情出在警察身上,但根子在哪里呢?我看还在我们领导干部身上。是没有认识到这件事的严重性呢,还是没有责任心呢?这可让我有些失望。"

对于干部,马文彬一说对谁"失望",谁的政治前途就要走背字了;虽然说的是"有些失望",这个"有些",已经让郑重出了一身冷汗;何况还有"没有责任心"几个字。郑重忙说:

"是我们没有尽到责任,是我们没有尽到责任。"

忙又说：

"请马市长放心，我们一定接受教训，保证在两天之内，把这个妇女找到。"

他说的两天，也是全国人代会召开前的期限；再过两天，全国人民代表大会就要召开了。听郑重这么说，马文彬笑了；不过这笑与平日的微笑不同，是冷笑：

"你说的保证，恰恰是不能保证的。这个妇女不是一块石头，在深山里藏着，等着你去搬，她身上长着腿，腿上长着脚，你不知道她跑到哪里去了，如何在两天之内找到她呢？"

郑重被马文彬问住了。本来他表的是一个态度，没承想被马文彬抓住了话把；上级如抓下级的话把，如蛇被打了七寸一样，下级就无法动弹了；郑重像被打了七寸的蛇一样，在电话这头张张嘴，答不出话来。马文彬似乎也不想跟郑重再啰唆：

"我后天就要到北京开人代会了，我不希望我在北京开人代会期间，与'小白菜'在那里会面。"

又说：

"整个市丢丑不丢丑，在下丢丑不丢丑，就在郑县长了；郑县长，拜托了。"

说完，挂断了电话。郑重举着话筒愣了半天，仍不知所措；接着发现，自己的衬衣衬裤，从里到外都湿透了。马文彬最后一句话，可有些冷嘲热讽；冷嘲热讽之下，分量不可谓不重。

郑重抓起桌上的茶杯，摔碎到地上；又抓起电话，把县公安局长叫了过来。县公安局长也忙了一天，午饭、晚饭都没顾上吃。郑重见到他，劈头就问：

"你忙活了一天，那个逃跑的农村妇女找到了吗？"

问得跟市长马文彬问他的话一样。公安局长哆哆嗦嗦：

"还没有。"

回答得跟他回答马文彬的话也一样。郑重的怒火终于发泄出来，盯着公安局长，两眼冒火：

"养你们，还不如养一条狗，连个人都看不住。"

又说：

"明天之内找到她，让她来见我；找不到，你带着辞职书来见我！"

公安局长一句话不敢再说，慌忙又跑出去找人了。一边继续添派警力，一边让人把看守李雪莲的四个警察，老邢小胡等人，连同李雪莲那个镇的派出所长，直接送进了监狱。把他们送进监狱不是把他们当犯人，跑了一个人，也够不上判刑；而是让他们看管犯人，当小牢子。当小牢子，在公安部门，算是最苦的差事了。公安局长骂他们，骂得跟郑重骂他一样：

"养你们，还不如养一条狗，连个人都看不住。"

又骂：

"不是不会看人吗？那就从头学起，从看犯人开始；看上十年，也就长了记性！"

镇派出所长一边喊冤，一边又把老邢小胡四人骂了个狗血喷头。老邢小胡四人一边自认倒霉，一边还有些庆幸：他们在李雪莲家喝酒的事，被他们四人共同瞒了下来；只说是执勤时不小心，让李雪莲跑了；如果被发现执勤时喝酒，就算"玩忽职守"，又该罪加一等了。

一派忙乱中，法院院长王公道倒从容镇定。李雪莲的案子跟法院直接连着，但李雪莲这回逃跑，跟法院这条线倒没有关系；看守李雪莲的是警察，属公安局，跟法院是两个系统。

·八·

李雪莲和赵大头从李雪莲家里逃出去之后,两人骑着自行车,并没有往北走。从家里逃出去是为了往北京告状,北京在北边,按说应该往北;但李雪莲告状告了二十年,与警察斗了二十年心眼儿,自个儿也长了心眼;李雪莲的村子地处这个县的东部,东西南北,四个方向;往西、往南、往北,离县境皆一百、二百多里不等;只有往东,距县境六十多里;从这个县逃跑,只有逃出县境,才算逃出这个县警察的手心;于是李雪莲指挥赵大头,骑车并不向北走,而是向东。往东不往北,也给警察摆一个迷魂阵。两人刚逃出李雪莲的家有些兴奋;但骑车走出十里开外,又开始紧张,害怕家里醉酒的警察醒过来;而且一个人已经半醒,就是腿软动弹不得;待他们醒过来,或腿脚能动弹,他们马上就会往上汇报;如县上知道了，全县马上就成了天罗地网。赵大头拼命蹬自行车往前赶。骑出二十里，浑身上下的衣服全湿了。李雪莲要替赵大头骑车，赵大头又逞能不让。李雪莲死活跳下车，赵大头才停下车来。李雪莲载着赵大头走了十五里，赵大头也歇了过来；骑车又换成赵大头。终于，在天亮之前，两人逃出了县境。往前又骑了五六里，两人下车，坐在路边一个桥墩上喘息。李雪莲：

"阿弥陀佛，总算过了第一关。"

赵大头：

"还是你的主意高，咱往东不往北。到了外地，再去北京不迟。"

李雪莲：

"大头，多亏你帮我，要不我也逃不出来。"

又说：

"已经出了县，你就回去吧；剩下的路，我自个儿来走。"

谁知赵大头梗着脖子：

"不，我不回去。"

李雪莲：

"你要干吗？"

赵大头：

"我已经回不去了。你想啊，我帮你灌倒那么多警察，又帮你逃了出去，已经在跟政府作对了；回去让他们抓住，他们岂能饶了我？"

这倒是李雪莲没有想到的。赵大头又说：

"这结果，我早想到了，我也是破釜沉舟。"

又一笑：

"再说，你去北京告状，我在北京待了三十来年，地方比你熟啊。"

字字句句，都出乎李雪莲的意料。李雪莲大为感动，一下抱住赵大头：

"大头，等这回告状回来，我就跟你结婚。"

赵大头被搂得也有些激动：

"反正我是豁出去了。只要结婚，哪怕你以后还告状，我年年陪着你。"

两人歇息过，又重新上路。到了当天中午，两人来到邻县的县城。赶路赶了一夜一上午，两人都有些累了；同时害怕他们县的警察在本县没有抓到他们，搜查范围从本县扩展到邻县，大白天易被人堵住；于是在县城城边找到一个饭馆，先吃了一顿饭，又在一条偏僻的胡同里，找到一个小旅馆住下，打算歇到晚上再上路。一是为了省钱，二是两人都已不拿对方当外人，两人只开了一个房间。同开一个房间，并不证明两人要干什么；谁知一进房间，赵大头就把李雪莲抱住了。抱住也就抱住了，刚才在路上，李雪莲也抱过赵大头。但赵大头抱着抱着，把李雪莲捺到了床上，开始剥她的衣服。李雪莲忙拼命推赵大头，挣扎起身：

"大头，别闹。你再不起来，我就急了。"

三十多年前，两人还是高中同学时，赵大头把李雪莲叫到打谷场上，曾抱住李雪莲亲，李雪莲推赵大头一把，把他推翻在地，赵大头被吓跑了。二十年前，李雪莲头一回到北京告状，住在赵大头的床铺上；赵大头半夜进来，李雪莲明白他的意思，让他"该干吗干吗"，又把赵大头吓了回去。没想到三十多年过去，二十年过去，赵大头不是三十多年前和二十年前的赵大头了，李雪莲明明说要急了，赵大头也不怕，仍死死捺住她，剥她的衣服：

"亲人，我等了几十年了。"

也是经过一夜一上午的奔波，李雪莲浑身乏了，挣不过赵大头；让李雪莲感到奇怪的是，赵大头也奔波了一夜一上午，怎么还这么大邪劲儿呢？加上赵大头要陪李雪莲去北京告状，两人也说过要结婚的话，挣扎几个回合，李雪莲也就不再挣扎了。终于，李雪莲让赵大头剥光了。赵大头也脱光了自个儿的衣服。连个过渡都没有，赵大头一下就入了港。李雪莲二十一年没干过这种事了，一开始有些紧张。没想到赵大头入港之后，竟很会调理女人。没入港之前着急，入港之后，反倒不着急了。他身子不动，开始舔李雪莲的耳垂，亲李雪莲的眉和嘴，又舔李雪莲的奶。待李雪莲放松之后，下边开始动作。这动作也不是千篇一律，他轻轻重重，左左右右，竟将李雪莲的兴致慢慢调了上来。这兴致，也二十一年没有了。待李雪莲兴致上来，他又高高低低，上上下下，前前后后大动起来。突然之间，李雪莲竟涌上来高潮。李雪莲开始大呼小叫。高潮之后，赵大头还不停，又前后夹击，使李雪莲又涌上来一回高潮。李雪莲又叫。当年李雪莲跟秦玉河在一起时，也从无有过这样一波接一波的兴奋。这个赵大头，表面看憨厚，谁知也不是个好东西，在这上头，竟也积下许多手段。赵大头也五十出头了，没想到奔波一夜一上午，还攒下这么大的火力。终于，两人大呼小叫完，光着身子，躺在床上。这时李雪莲哭了：

"大头，你可别忘了，你这叫强奸。"

赵大头忙给她擦泪，又用手拍着她的大腿：

"咱俩白耽误三十多年。"

又悄声问：

"你说，痛快不痛快？"

李雪莲倒不好意思起来：

"大白天的，你不知道害羞哇？"

又将头拱到赵大头怀里，悄声说：

"一辈子,还没这样过。"

正是因为这场事干得好,接着就扭转了他们要去的方向,和要去的地方。赵大头给两人盖上被子,两人露着头,赵大头攥着李雪莲的手:

"亲人,我问你一句话,人是愿意跟自个儿喜欢的人在一起,还是愿意跟不相干的人在一起?"

李雪莲:

"这话多傻呀,那还用说。"

赵大头:

"人是愿意跟亲人在一起,还是愿意跟仇人在一起?"

李雪莲:

"这话一样傻。"

赵大头:

"那好,既然你说我这话问得傻,那就证明你也傻。"

李雪莲一愣:

"啥意思?"

赵大头:

"既然你明白亲人和仇人的道理,我劝你还是别告状了。告状,就是离开亲人,跟仇人在一起。"

又说:

"如果把仇人告倒了,这状告得也值,可你告了二十年,不是也没个结果?"

又说:

"二十年没有结果,今年再告,也不一定有结果呀。今年,不管是你,还是仇人,和往年也没啥区别呀。"

李雪莲:

"这道理我今年也悟出来了,一开始我也不想告状了,还不是听不听牛的话,全是那些贪官污吏逼的,让我生生又要告状;他们总把我的话往坏处想,总把我当成坏人。这回告的不是秦玉河,是这些贪官污吏。"

赵大头:

"我也知道,这些贪官污吏,比秦玉河还坏;正是因为他们比秦玉河坏,跟他们折腾起来,会更费工夫。更费工夫不说,更折腾不出个结果。"

李雪莲"呼"地坐起:

"反正我咽不下这口气。"

赵大头拍了一下巴掌:

"我说的就是这个。为了一口气,你已经折腾了二十年;为了一口气,再折腾二十年,咱都七老八十了。跟他们制气没啥,不是白白耽误了咱们自个儿的好事?"

又用手摸李雪莲的下身。李雪莲又慢慢躺了下来。赵大头:

"俗话说得好，退一步海阔天空。你跟这些人折腾，你是一个人，人家是一级一级的政府，你是赤手空拳，人家有权有势，一有事还能动用警察，现在我们不就被人家赶着跑？咱哪里折腾得过人家？折腾出结果折腾不出结果咱倒也不怕，问题是，咱把自个儿一年又一年也搭进去了。你还想在这泥潭里扑腾多少日子？咱何不自个儿把自个儿救出来，过咱的痛快日子？"

又悄声问：

"你说说，咱们在一起痛快不痛快？"

没有今天的痛快，也就没有这场谈话；这场谈话放到过去说，过去也说过，李雪莲不会听进去；有了今天的痛快，李雪莲觉得赵大头说的也有道理。放着痛快的日子不过，再去跟那些贪官污吏折腾，倒是把自个儿全搭进去了；二十年前，自己才二十九岁，还有工夫折腾；现在四十九了，再折腾几年，真把自己的一辈子全搭进去了。赵大头说的也对，世上无人帮自己，只能自己救自己了。或者，正是赵大头今天一席话，救了李雪莲。李雪莲不说话了，眼中涌出了泪。要说有恨，她好恨过去的二十年啊。赵大头又替李雪莲擦泪：

"你要回心转意，咱们回去就结婚。"

又说：

"只要咱们结婚，再不用跟不相干的人和仇人打交道了。"

又说：

"只要咱们不跟他们折腾，对昨天灌醉警察的事，他们肯定也不会追究，他们掂得出哪头轻哪头沉。"

李雪莲又坐起身：

"就是照你说的，咱们不告状，也不能马上回去。"

赵大头：

"为啥？"

李雪莲：

"那也得最后折腾他们一回。咱们一回去，他们就知道咱们不告状了；咱们不回去，他们还以为咱们去北京了呢；他们怕就怕我去北京；我一去北京，他们就到北京找去；就是今年咱们不去北京告状，也不回去，仍让他们到北京找去。"

赵大头马上同意：

"对对对，再折腾他们一回。咱们没去北京，他们在北京哪里找得着？越找不着，他们越着急。"

又说：

"那咱们也不能待在这儿，这儿离咱县近，老待在这儿，说不定又被他们找着了。"

李雪莲一愣：

"那我们去哪儿？"

赵大头：

"我带你到泰山玩儿去。泰山你去过吗?"

李雪莲心里倒一动:

"二十年光顾告状了,只去过北京,别的地方,哪儿也没去过。"

赵大头:

"泰山风景可好了,我带你看日出;一看日出,心里马上就开阔了。"

两人越说越一致。赵大头翻身把过李雪莲,又上了她的身。李雪莲推他:

"还来呀,咱都多大了?"

赵大头攥住李雪莲的手,让她摸他下边:

"你看大不大?"

接着又入了港。一边动一边说:

"我也没想到,跟你在一起,我也返老还童了。"

第二天一早,两人将自行车存在旅馆,搭长途汽车去了泰山。途中梁山界在修高速公路;行车的路,和要修的路,叉在了一起;路上塞满了车。长途车走走停停,到了泰山脚下的泰安,已经是下午五点半了。这时再登泰山是来不及了,两人便在泰安的偏僻胡同里,找了一个小旅馆住下。夜里赵大头又没消停。第二天一早,两人在门口吃过早饭,便去爬泰山。为了省钱,两人没敢坐缆车,便顺着百转千回的台阶往山顶上爬。

往山上爬的人还真不少，天南地北，各种口音都有。出门旅游，对李雪莲还是平生头一回，李雪莲爬得兴致盎然，遇到别的妇女，还与人家搭话。赵大头连着折腾两个晚上，明显显得体虚，爬几个台阶一喘，爬几个台阶一喘；顾不上跟别人说话，也顾不上跟李雪莲说话。李雪莲看他喘气的样子，"噗啼"笑了，用手指杵他的眉头：

"让你夜里孬，看你还孬不孬了？"

赵大头还梗着脖子不承认：

"不是夜里的事，是腿上有关节炎。"

别人爬泰山，一个上午能爬到山顶；赵大头爬得慢，也拖累了李雪莲，中午才爬到中天门。转过一个弯，到了一座小庙前，赵大头一屁股瘫在地上，擦着头上的汗，对李雪莲说：

"要不你一个人往上爬吧，我在这儿等你。"

李雪莲有些扫兴：

"俩人玩的事，剩我一个人，还有啥意思？"

看赵大头实在爬不动了，也不好勉强他：

"要不咱别爬了，歇会儿咱下山吧。"

赵大头还有些遗憾：

"我还说今天住到山顶呢。爬不到山顶，就无法明天早起看日出了。"

李雪莲安慰他：

"我在家的时候,天不亮就下地干活,天天看日出。"

赵大头:

"泰山的日出,和平地不一样。"

李雪莲:

"有啥不一样,不都是一个日头。"

两人在半山腰吃过早上带来的面包和茶鸡蛋,轮着喝过带来的塑料瓶里的水,开始往山下走。下山迈起步子,比上山轻快多了,赵大头又活泛起来,这时说:

"不行明年再来一趟,不能就这么半途而废。"

李雪莲:

"看到了就行了,再来再花钱,还不如换个地方。"

两人回到山下,找了一个面铺,就着烧饼,每人吃了一碗羊汆面,就早早回旅馆歇息。这天夜里,赵大头安生下来,不再招惹李雪莲。两人躺在一个被窝里,倚着床头说话。话从三十多年前说起,两人还是中学同学的时候。李雪莲便追问赵大头,何时对她起的意。赵大头:

"那还用说,见你头一面的时候。"

李雪莲啐了他一口:

"那是初中一年级,我才十三。"

又说:

"整个初中,你都没理过我。"

赵大头只好承认是高中一年级对李雪莲动的心：

"初中时你一头黄毛，到了高中，你才长开了。"

李雪莲又问高中时赵大头常给她买"大白兔"奶糖，钱是从哪里来的。赵大头说：

"偷俺爹的呗，为给你买糖，我没少挨打。"

李雪莲笑了，抱着赵大头的头亲了一口。又问高中毕业前夕，赵大头把她叫到打谷场上，为何推了他一把，就把他吓跑了。赵大头遗憾地拍着床帮：

"那时胆小呀。如果当时胆大，人生的路就得重写。"

又摇头：

"又长了三十多年，胆儿才长大了。"

李雪莲又啐了他一口：

"你现在是胆大吗？你现在是不要脸！"

两人笑了。接着又说起当年的同学、老师。三十多年过去，老师们大部分都去世了。初中的同学很多记不清了。高中的同学，知道的已经死了五个；剩下的，也都各奔东西。三十多年过去，大部分同学都当了爷爷奶奶；老了老了，混得圆满的少，被生活儿女拖累得疲惫不堪的多。说到儿女，李雪莲又说，自己的女儿，自己一个人把她从小养大，谁知养了个卖国贼，如今跟她也不一条心。不一条心不是说她不听话，而是在李雪莲告状这件事上，别人不了解详情指她的脊梁骨情有可原，女儿从小在她身边长大，知道事情的来龙去脉，知道事情缘何而起，也不理解她，还嫌李雪莲整年抛头露面去告状，给女儿丢了脸，就让李雪莲生气了。女儿十九岁就出嫁了，明显是躲她。女儿自出嫁，很少来看她。倒是一直没跟李雪莲在一起、跟秦玉河长大的儿子，知道心疼娘。儿子的名字，还是李雪莲起的，叫"有才"。去年秋天，李雪莲在县城街上走，与有才走了个面对面。这时有才也快三十了，有了个儿子。常年不见面，李雪莲没认出有才；人已经走过去了，有才突然认出了李雪莲，又从后面撵上来，拉住她叫"妈"。娘俩儿相互看了一阵，有才说：

"妈，你老多了。"

又说：

"妈，知你受着委屈，可你也不能不心疼自个儿呀。"

临走时，又悄悄塞给李雪莲二百块钱。说到这里，李雪莲落泪了。赵大头替她拭泪：

"我觉得有才说的是对的。"

接着赵大头也叹息，自己那个儿子，早年上学不成器，让他跟自己学厨子，可他在灶前待不住，喜欢四处乱跑。如今三十多了，还功不成名不就，在县畜牧局当临时工，整天跟人瞎跑。每月挣的钱，养不活老婆孩子，时常来刮蹭赵大头。赵大头在县城饭馆打工挣的钱，不够补贴儿子一家的。好在他还

有退休工资,手头才得以维持。赵大头感叹:

"养一番儿女,谁知是养个冤家呀。"

又说:

"我也想通了,就当上辈子欠他的。"

说过,两人睡下。第二天一早,两人出门,在泰安市里转了转。转也是干转,没买什么东西。相中的东西太贵,便宜的东西又用不着。到了中午,两人便不想转了,又回到旅馆。这时赵大头提出,去一百多里外的曲阜看孔子。那里是平地,用不着爬山。过去在中学学过孔子,知他说些似是而非的车轱辘话,没见过真人。也是在外边干待着没地方去,李雪莲说:

"去就去吧,不为看孔子,听说曲阜的麻糖不错,咱去吃麻糖吧。"

赵大头说:

"对对对,咱比较一下孔子吃过的麻糖,如不如我小时候给你送的'大白兔'糖。"

李雪莲啐了他一口。为吃曲阜的麻糖,两人决定下午去曲阜。接着赵大头出门去长途汽车站买车票,李雪莲留下收拾行李。行李收拾过,李雪莲走出旅馆,想给赵大头买一件毛衣。虽然立春了,早晚也寒。逃出老家时,李雪莲带着毛衣;那天晚上赵大头只顾张罗灌警察喝酒,用调虎离山之计,接着便与李雪莲逃出本县,只穿了随身的夹衣,没带厚衣裳。

今天清早出门，李雪莲就看赵大头打了个冷战，接着不住地打喷嚏。上午在街上转时，李雪莲就想给赵大头买件毛衣。在一家商场，李雪莲相中一件，价格九十六，赵大头嫌贵，又拦住不让买。马上又要上路，李雪莲担心一早一晚，把赵大头冻病了。冻病吃药，反倒比买毛衣花钱多了。从旅馆胡同出来，沿街走了二里多路，李雪莲又来到上午看毛衣的商场。讨价还价一番，九十六块钱的毛衣，八十五块钱买了下来。拿着毛衣往回走，又顺便买了四个面包，一袋榨菜，准备在路上当干粮吃。回到饭馆，欲推房门，听见赵大头在里面说话。原来他已经买车票回来了。但他一个人跟谁说话呢？再听，原来是打手机。打手机也很正常，李雪莲欲推门进去，又听他在手机里跟人吵架，便不禁停在门口。赵大头：

"不是老给你打电话，我把事给你落实了，你把我的事落实了没有？"

也不知对方在电话里说些什么，赵大头急了：

"你光想着向县长汇报我搞定李雪莲的事，咋不汇报俺儿工作的事？"

又不知对方在电话里说些什么，赵大头：

"我不是不相信政府，我要眼见为实。"

不知对方在电话里说些什么，赵大头：

"这叫啥话？这俩事儿咋能比呢？我这儿没法叫你眼见

为实呀。别说在山东,就是在咱县,我跟李雪莲在床上搞的时候,你也不能在床边看着呀。"

又不知对方说了什么,赵大头大叫:

"咋会不一了百了呢?俺俩回去就要结婚了,她咋还会告状咧!"

李雪莲的脑袋,轰的一声炸了。

· 九 ·

县法院审判委员会的专职委员叫贾聪明。二十年前，这个位置，一个叫董宪法的人曾经坐过。当时李雪莲找董宪法告状，他说该案不归他管；两人争执起来，他骂了一声"刁民"，又骂了一句"滚"；后来李雪莲闯了大会堂，他和法院院长、县长、市长一起被撤了职。专委被撤后，董宪法爱去牲口集市上看卖牲口，一看就是一天。八年前，董宪法得了脑溢血；五年前，董宪法死了；一切都成了过眼烟云。

贾聪明今年四十二岁，专委已当了三年。半年前，法院一个副院长退休了，空出一个位置，贾聪明便想填补这个空缺。由专委升副院长，倒也不算跨多大的台阶；但专委有职无权，名义上比庭长高，但在法院说话办事，还不如一个庭长；于是升任副院长，还得和庭长们一起竞争。法院有刑事一庭，刑事二庭，民事一庭，民事二庭，经济一庭，经济二庭，少年庭，执行庭等，共十多个庭；十多个庭，就有十多个庭长；加上全县二十来个乡镇，每个乡镇都有一个审判庭；整个法院算起来，共三十多个庭长。三十多个庭长的想法，皆跟贾聪明一样，想当这个副院长。因专委有职无权，许多庭长，根本没把贾聪明放到眼里。三十多人争一个位置，难免打成一锅粥。争来争去，副院长的位置空了半年，谁也没有上去。没上去贾聪明和庭长们着急，法院院长王公道却不着急。一粒葡萄，三十多只猴子在争，葡萄只能扔给一只猴子；葡萄不松手，三十多只猴子都围着你转；葡萄一丢手，丢到一只猴子嘴里，其他猴子会一哄而散；吃到葡萄的那只猴子，也会转脸不认人。现在的人都短，搞政治也跟做买卖一样，皆一把一结。而葡萄留在自己手里，还不单能让猴子们围着你转，更大的益处是，这些猴子不会干转，或多或少，总会给你献个寿桃。当年王公道就是这么一步步上来的，现在开始以其人之道，还治他人之身。王公道这么做，法院在职的几个副院长也高兴，因大家或多或少，也能得些实惠；无非王公道得个大桃，他们得些小枣。有枣总比没枣强。时间拖得越长，大家得的实惠越多。王公道这么做，不但王公道这层人能得到实惠，县里的副县长、县长，也都人人受益。有的庭长为了当这个副院长，都活动到市里去了。

活动就需要活动经费。跟三十多个庭长比，贾聪明这方面不占优势。因专委有职无权，告状的便很少给他送礼；庭长有职有权，平日的积累比贾聪明丰厚不说，现时花钱，还可以在庭里实报实销。没有公家做后盾，贾聪明便比庭长们气馁许多。无法拼公，只能拼私；法院一个专委，工资并不高，每月工资，也就两千多块钱；贾聪明的老婆在医院当护士，每月工资一千多块；他爹老贾在街上卖生姜，也只能挣个仨瓜俩枣；而给领导送礼，仨瓜俩枣，却拿不出手。总不能给领导提一壶花生油、拎两只老母鸡或送一篮子生姜吧？不但不能送油、老母鸡和生姜，事到如今，送多贵重的东西都不赶趟了，得直接送钱。三十多人比着送钱，别人有公家做后盾，贾聪明从自个儿身上抽筋，半年下来，其他人就把贾聪明比下去了。不但比下去了，贾聪明身上的油，也已经被榨干了，再也送不起了。但已送出一些钱，如副院长到头来落到别人头上，他的钱就等于白送了；名义上，专委又比庭长高，到头来让一个庭长成了自己的领导，丢的就不仅是个职务，而是裹秆草埋老头，丢了个大人；贾聪明又有些不甘心。但钱是个硬通货，家里的亲戚都是穷人，平日还来求贾聪明帮忙，没有一个指得上；贾聪明有职无权，有钱人多不与他来往；左思右想，无筹措处；在法院又不敢露出来，只好在家里唉声叹气。这天晚上，他爹老贾卖生姜回来，见贾聪明闷闷不乐，便问他发愁的原因。贾聪明没好气地：

"还不是因为你？"

老贾一愣：

"我连啥事还不知道哩，咋就怪我了？"

贾聪明便把为当法院副院长，想给领导接着送钱，又无钱可送的事说了；又埋怨他爹：

"既然做生意，你咋不做房地产哩？就会卖个生姜。你要上了富豪榜，咱也不用在这里发愁了。"

老贾也有些气馁，又劝贾聪明：

"除了送钱，还有没有别的法子？"

贾聪明：

"有，你不卖生姜了，去当个省长，我不但不用送钱，人家还求着我当副院长呢。"

老贾又有些气馁。气馁过，又劝贾聪明：

"我卖生姜之前，不是还帮老毕卖过假酒吗？那也是天天求人的事。照我卖假酒的经验，如想让别人给你办事，除了让他现得利，如他有啥难事和急事，你帮他解决了，他接着给你办事，比给他送钱还管用呢。"

贾聪明突然明白什么，不禁急了：

"我说前年那一段，你给我拦了那么多无厘头的官司呢，原来桩桩件件，都跟假酒连着呢！"

又叹气：

"但这事跟你卖假酒不一样，现在我们面对的不是小商小贩，而是领导；小商小贩有事求咱，领导会有啥难事和急事找咱办呢？"

抬腿就走了。也是天无绝人之路，领导的难事和急事，很快就被贾聪明遇到了。卖生姜的老贾，跟在县城"鸿运楼"餐馆当厨子的赵大头是好朋友。两人能成为好朋友并不是厨子每天要用生姜，两人有业务上的往来，而是两人都爱说闲话。老贾一辈子爱说闲话，赵大头四十五岁之前闷不作声，四十五岁之后开始闲磨牙。一辈子说闲话的人每天说说也就是个习惯，过去闷不作声、中途改说闲话的人就容易上瘾。一天不吃饭饿不死人，一天不说闲话就把人憋死了。为说闲话，赵大头爱串门；老婆死了，夜里无事，就更爱串门了。因与卖生姜的老贾说的着，晚上从"鸿运楼"下班后，往往先不回家，直接到老贾家说闲话。说话间，全国人民代表大会就要召开了；李雪莲告状的事，从县里到市里，又一次闹得沸沸扬扬；闲话之中，大家便说到李雪莲。赵大头肚子里藏不住话，便将他与李雪莲的交往，从中学时代说起，如何给李雪莲送"大白兔"奶糖，两人如何在打谷场上亲嘴；又说到李雪莲头一回去北京告状，就住在他的床铺上，两人又差点成就好事，等等，说了个痛快。赵大头与老贾说这段闲话时，贾聪明正好在家。说者无心，听者也无心。但听着听着，贾聪明脑子突然一激灵，从法院院长王公道到县长郑重,再到市长马文彬,都在为李雪莲上京告状的事发愁;发愁,又一筹莫展;如果贾聪明能帮他们解决这个难题,不就应了他爹老贾说的帮助领导解决难事和急事的话了吗?如能帮他们解决这个难事和急事,自己接着当法院副院长,不就顺理成章了吗?这比送他们钱可管用多了。而把李雪莲搞定,不让她告状,除了劝解和盯梢,让她跟别人结婚,不也是个法子吗?她闹的是跟前夫离婚的事,到底是真离婚还是假离婚,如她跟另一个人结了婚,过去的案底不都不成立了吗?她闹的是前夫说她是潘金莲,潘金莲另嫁他人,不也等于妓女从了良吗?潘金莲也就不是潘金莲了。想到这里,心中不由大喜。心中大喜,面上并不露出来,只是对赵大头说:

"大叔,既然你跟李雪莲好过,我婶如今也死了,这不又是个机会?"

赵大头一愣:

"啥意思?"

贾聪明:

"锲而不舍,把她弄到手呀。听说她年轻时候,也是有名的美女。"

赵大头:

"那倒是,如她不漂亮,我也不会跟她交往这么多年。"

又遗憾:

"关键时候,我没有把握好哇。"

贾聪明:

"现在重说这事也不迟。"

赵大头摇头:

"事过境迁,事过境迁了。就是我有这意,人家正在告状,也没这心呀。"

贾聪明:

"正因为告状,我才劝你跟她结婚呢。"

赵大头一愣:

"啥意思?"

贾聪明便打开天窗说亮话,把从法院领导到县里领导,从县里领导到市里领导,为李雪莲告状发愁的状况,一五一十说了一遍。他不说,赵大头也知道;二十年过去,李雪莲告状的事,已在县里市里传得妇孺皆知。但贾聪明还是重说一遍。说过,又对赵大头说:

"你要能把她搞定,跟她结婚,就不光是跟一个女的结婚的事了,还帮了从县里到市里领导的大忙。"

赵大头一愣:

"这可是两回事,结婚是结婚,领导是领导。"

停停又问:

"如果我帮了领导,我能得到啥好处呢?"

贾聪明：

"你帮他们，他们也能帮你呀。"

赵大头：

"他们能帮我个啥？"

贾聪明：

"你总不能说你没有难处。你有啥难处？往大里想。"

赵大头想了想：

"难处谁都有难处，我最大的难处，是我那不争气的儿子，在畜牧局当临时工，一直想转正，一直转不了；天天回来，还要刮我的油水。"

贾聪明拍着巴掌：

"这不结了。你要能把李雪莲搞定，让她不告状了，法院院长管不着畜牧局，但人家县长和市长可管得着，在畜牧局解决一个转正指标，对人家算个啊，说不定还能一下给他弄个科长当当呢。"

赵大头愣在那里。贾聪明：

"还想啥呀，这不是一举两得吗？"

赵大头：

"这事我办成了，他们不给我儿转正咋办？"

贾聪明：

"不给你办，你也白得一个老婆；给你办，是白饶哇。"

赵大头摇头：

"我现在犯愁的，主要还不是没老婆，而是儿子整天跟我闹。"

贾聪明：

"正是为了你儿子，你也应该试一试；不然，你啥时候能跟县长市长接上头呀？"

赵大头开始犹豫：

"试是可以试，就怕领导说话不算话呀。"

贾聪明信誓旦旦：

"你连政府都不相信？我以法院和法律的名义向你保证，只要你帮了领导，领导绝对不会不管你儿子。"

赵大头又怀疑地看着贾聪明：

"你这么积极撺掇这事，你从中图个啥呢？"

贾聪明又打开天窗说亮话，把自个儿想当法院副院长的事，给赵大头说了。说过，又拍巴掌：

"我的叔哩，现在咱们是一根绳上的蚂蚱，一损俱损，一荣俱荣。你在领导面前立了功，我不也跟着你沾光吗？只要我当了副院长，从今往后，法院不等于是咱爷俩儿开的吗？"

赵大头思摸：

"这事不是一件小事，让我想想。"

说过，赵大头就回家了。当时贾聪明也就是这么一说，赵大头不办这事，贾聪明也没损失啥；办了，就等于白饶；就算赵大头办，能否办成，也得两说；贾聪明也就没太把这事放在心上。没想到第二天晚上，赵大头主动找贾聪明来了，说要办这件事。说办这件事不是他非要办，而是回去跟儿子商量了；当时商量也就是随意一说，或有些逗能，没想到儿子正发愁工作转正的事，非逼赵大头去办。世上的儿子都反对他爹再娶，赵大头的儿子，却逼着赵大头给自己找后娘。赵大头倒骑虎难下了。贾聪明听了，一下乐了：

"那就办呗。办成，咱们一步登天；办不成，咱身上也掉不下一块肉。"

赵大头：

"我想的也是这个。"

两人分手，赵大头便去张罗搞定李雪莲的事。事情虽然开始张罗，但对赵大头能否搞定李雪莲，贾聪明心里仍没有底。但正如他对赵大头说的，搞定，他跟着一步登天；搞不定，他身上也掉不下一块肉。说过，也就忘了这回事。令他没有想到的是，赵大头开始一天给他打一个电话，汇报他跟李雪莲关系的进展。但正如贾聪明预料的那样，事情的进展并不顺利；赵大头和李雪莲说起这事，也磕磕碰碰，说不到一起。正因为这样，贾聪明也没敢向领导汇报。害怕一旦汇报，领导重视了，最后赵大头又没办成，反倒弄巧成拙，影响领导对他的印象。

米饭不熟，不敢揭锅盖；同时也怕露出饭味儿，别人也有跟赵大头熟的，越过他去抢功。本来这事也就是试试，走一步看一步，摸着石头过河，但令贾聪明没想到的是，赵大头最后摸着石头渡过了河，竟把这事办成了。在本县没有办成，在邻县办成了；在本省没有办成，在山东办成了。当赵大头给他发短信，说事情搞成之后，贾聪明还有些不相信。贾聪明又用短信问：

真成还是假成？

赵大头又信誓旦旦回短信：

床都上了，还能有假？

贾聪明才彻底相信了。相信后，不禁热血沸腾。沸腾后，赶紧向领导汇报。李雪莲从家里逃跑了，县里追捕三天，还没追到，各级领导急得焦头烂额，这时汇报，也正是时候。但对向谁汇报，贾聪明又犯了犹豫。本来他是法院的专委，应该向他的直接领导汇报；他的直接领导，就是法院院长王公道；但贾聪明多了个心眼儿；加上他平日不喜欢王公道；王公道当庭长时，他俩吵过架；王公道是个记仇的人；贾聪明想当副院长，主要阻力就是王公道；他也给王公道送了不少礼，但总是缓解不下过去的积怨；一个连眉毛都没有的矮胖子，会有什么心胸？便想越过王公道，直接向县长郑重汇报。一是在郑重面前献功，比在法院院长面前献功效果大多了；献给院长，院长还得献给县长，功劳就成了院长王公道的；这样的傻事不能干；

同时越过王公道献给县长，也等于背后给王公道一脚；院长没能力办到的事，贾聪明办到了，不是给自己将来当副院长，铺了更厚的台阶？于是兴冲冲来到县政府，要见郑重。

李雪莲跑了三天，县长郑重三天没正经吃饭。没怎么吃饭，肚子也不饿，嘴上起的都是大泡。虽然嘴上起大泡，三天过去，李雪莲还是没有找到，正兀自犯愁。放到平时，一个法院的专委想见县长，也不是件容易的事；县政府办公室的人，就把他挡下了；但现在是特殊时期，贾聪明一说见县长是为了李雪莲的事，办公室的人不敢怠慢，忙汇报给郑重；郑重忙让办公室的人，把贾聪明叫到他的办公室。听贾聪明说了赵大头和李雪莲事情的前前后后，郑重愣在那里。赵大头和李雪莲的事，大出郑重意料。愣过之后，接着就是不相信：

"真的假的呀？"

问得跟贾聪明在短信中问赵大头的话一样。贾聪明忙拿出自己的手机，让郑重看他和赵大头通的短信。不但看了过去的短信，已经上床的短信，还有一条赵大头一个小时前发过来的短信：

正在泰山上，回去就结婚。

贾聪明：

"县长，一字一句都在这儿，还能有假？"

又说：

"李雪莲都要结婚了,还能告状?"

又说:

"她虽然跑了,但跟人去了山东,没去北京,不是证明?"

郑重仍有些将信将疑:

"这可事关重大,来不得半点含糊。"

贾聪明:

"郑县长,我以党性保证,这事儿再不会出岔子。为了这事,我花了两年工夫,只是不到饭熟,我不敢揭锅。"

郑重彻底相信了。相信后,心里一块大石头,马上落了地。接着一身轻松。忙乱三天,动用四百多名警力,原来忙的方向错了。以为她去了北京,原来她去了山东。四百多名警力没解决的事,一个贾聪明解决了。郑重也知道贾聪明办此事的用意,法院缺职一个副院长;便对贾聪明说:

"老贾呀,你给政府办了一件大事。"

又说:

"我听说法院缺职一个副院长,等这事结束,组织上会考虑的。"

贾聪明也一阵激动。本来他还想向郑重汇报赵大头儿子在畜牧局当临时工,急着想转正的事,但县长刚刚说过他副院长的事,再另外附加条件,反倒不好张口了;也怕再说别的,冲淡自己副院长的事,那就成了跟组织讨价还价;便一时捺住没说，想等自个儿副院长的事儿落实之后，再重提赵大头儿子的事。郑重交代贾聪明：

"这事儿的过程，就不要跟别人讲了。"

贾聪明马上说：

"郑县长，这道理我懂。"

欢天喜地走了。贾聪明走后，郑重突然感到肚子饿了，这才想起自己三天没正经吃饭；忙打电话，让秘书给自己张罗一碗面条；接着又忙给市长马文彬打了个电话。三天前李雪莲从家里逃跑，郑重想瞒着马文彬，把事情局限在县里解决；后来被马文彬知道了，马文彬主动给他打了个电话，一下陷入被动。马文彬在电话里发了火，说他忘了三个成语，让马文彬"有点失望"，吓得郑重湿透了身上的衬衣衬裤。之后连抓三天人，也没抓住，郑重急得满嘴起泡，以为事情无望了，等着马文彬再发火，甚至做组织处理；没想到天无绝人之路，阴差阳错，事情又在这里峰回路转。事情终于解决了，郑重也想赶紧告诉马文彬，以减轻上回让李雪莲逃跑的负面影响。马文彬已经到了北京，全国人民代表大会，今天已经开幕了。电话打通，马文彬正在吃午饭；郑重将事情的前因后果向马文彬汇报了；马文彬听后，也吃了一惊。吃惊之后，没再问李雪莲，问：

"这法子是谁想出来的？"

郑重一开始想将功劳揽到自己头上，但怕事情过去之后，真相显现出来，再让马文彬知道了，反倒弄巧成拙；前几天李雪莲逃跑，他瞒情不报，就弄巧成拙；便如实说：

"是法院一个普通的工作人员，他跟那个男的是亲戚，跟李雪莲也认识。"

马文彬：

"可不能说这个人普通，他倒是个政治家哩。"

郑重吃了一惊；因不知道马文彬接着要说什么，不敢接话茬。马文彬：

"在李雪莲这件事上，他另辟了一条思路。我们总在李雪莲离婚的事上纠缠，他却想到了结婚。"

郑重见马文彬开始表扬人，虽是表扬别人，也跟表扬自己一样高兴，忙凑趣说：

"可不，跟打仗似的，抄了敌人的后路。"

马文彬：

"我说的不是这个意思。我想说的是，在这件事情上，二十年来，我们总在头痛医头，脚痛医脚；年年堵，但也就是堵一年，这叫脚踩西瓜皮，走哪儿算哪儿；人家却能一下把准病根，让李雪莲跟人结婚。她跟人结婚了，这不一了百了了？"

郑重忙又说：

"可不，李雪莲一结婚，从今往后，再不用为李雪莲的事操心了。"

马文彬：

"这个人叫什么名字？"

郑重知道，马文彬问谁叫什么名字，当然不是平日寒暄时问了，是关键时候问，这人的政治前途，就开始见亮了；郑重在邻县当副县长时，处理过群众围攻县政府的事，事后马文彬就这么问过他的情况；现在马文彬又问设法让李雪莲跟人结婚的人的名字，知道这人得到了马文彬的赏识；本不欲告诉他，但郑重知道，他不告诉，马文彬也能通过另外的途径马上知道；在干部问题上，马文彬的一言一行，谁也不敢违拗；马上如实说：

"这人叫贾聪明。"

马文彬感叹：

"这个人不简单，他不是'假'聪明，他是'真'聪明。"

郑重赶忙跟上去说：

"县里正准备提拔他当法院的副院长呢。"

马文彬没再说什么，就挂了电话。

事情的结局，就这么皆大欢喜。

但令贾聪明没想到的是，贾聪明这边的事办妥了，赵大头开始反过来给贾聪明发短信，催贾聪明给他儿子办畜牧局工作转正的事，说他儿子还等着呢。由于贾聪明向县长郑重汇报赵大头和李雪莲的事时，为了自己副院长的事，没有汇报赵大头儿子的事;想等他副院长的事解决之后,再说赵大头儿子的事;接到赵大头的短信,便有些心虚。一开始还大包大揽,说"不久"就会解决;赵大头较了真,追问这个"不久"是多长时间,是三天,还是五天?贾聪明接着回短信,便有些支支吾吾,模棱两可。赵大头急了,便直接给贾聪明打了个电话;两人一句话没说对付,便吵了起来。正是这个电话,让已经煮熟的一锅米饭,又砸了锅。因这电话被李雪莲听到了。赵大头刚合上手机,李雪莲就破门而入,问赵大头:

"赵大头,你在给谁打电话?"

赵大头看李雪莲两眼冒火,知道事情败露了,但还极力掩饰:

"县城卖驴肉的老褚,欠我两千块钱,催他还钱,他还跟我急了。"

李雪莲扬手一巴掌,啪地扇到赵大头脸上:

"还说瞎话呢,你刚才说的话,我都听见了。"

又说:

"赵大头啊赵大头,我以为你真心跟我结婚呢,原来你是在骗我!"

又说:

"你骗我没啥,咋又跟贪官污吏勾搭起来,背后算计我呢?"

说着说着更急了,脱下自己的鞋,照赵大头脸上、头上、身上乱摔。摔得赵大头抱住自己的头,往床底下钻,一边钻一边说:

"我没骗你,我没算计你,我跟你结婚是真的。"

又解释:

"你听我说,这是两码事。"

但李雪莲不听他解释,又照自己脸上扇了一巴掌:

"我原来是个傻×,我活该呀我,二十年状都告下来了,到头来让人给骗了。"

接着哭了:

"出门告状不丢人,让人把人骗了,让人把人睡了,又让全天下的人都知道了,今后我可怎么活呀?"

接着大放悲声。赵大头从床下钻出来,也手足无措。看来话再往细里说,或再骗李雪莲,李雪莲是不会再相信了。他只好检讨自己。他结结巴巴地说:

"我也是被事逼的,我的儿子,在畜牧局等着转正呢。"

又说:

"主意不是我出的,是法院的专委贾聪明出的。"

又愣愣地说:

"你别伤心了,咱不管儿子的事也行,光咱俩结婚算了。"

李雪莲突然不哭了,也不再理赵大头,开始收拾自己的行李。将自己的衣裳和水壶，三下五除二塞进提包，拎上，踢开门走了。赵大头知道事情坏了，忙跟上去，边跟边说：

"你别走哇，有啥咱再商量。"

李雪莲不理他，大步走出旅馆。赵大头追出旅馆，又说：

"是我错了，不该背后跟人骗你；你要不解气，我再跟你一起，骗骗他们如何？"

李雪莲仍不理他，顺着胡同往外走。出胡同往右拐，是一菜市场。菜市场里，有卖菜的，有买菜的，熙熙攘攘。李雪莲穿过菜市场继续往前走。赵大头一把拉住李雪莲：

"你要不解气，再打我一顿也行。"

李雪莲正走到一肉摊前，转身抄起肉案上一把牛耳尖刀：

"我想杀了你，你知道不知道？"

说着，将手中的刀，向赵大头胸口捅去。赵大头吓得出了一身冷汗，一下跳出丈把远。也把卖肉的和其他人吓了一跳。但他们以为是夫妻吵架，赶上来劝解双方。赵大头在人群中喊：

"你想走也行，可你告诉我，人生地不熟的，你去哪儿呀？"

李雪莲在人群中喊：

"赵大头，没这事，我不告状；有这事，我还得告状；当面逼我我不告状，背后这么算计我，我一定要把你们掀个底朝天。你去打电话告密吧，这回不鱼死网破，我不叫李雪莲！"

·十·

李雪莲从山东泰安跑了,李雪莲所在的县、市又大乱。比上回李雪莲从家里跑了还乱。上回李雪莲从家里跑,县里还能抽调大批警力围追堵截;这回她从山东跑了,跨着省份,往山东调派警力,就费时费力了。再说,往山东派警力也不跟趟了,李雪莲既然从泰安跑了,决不会待在山东,她肯定又去北京告状了。如今去北京告状,又和前几天去北京告状不一样。前几天人代会还没召开,现在人代会已经开幕了。没开幕一切还来得及补救,如正在开会,让她再次闯进大会堂,比二十年前闯进大会堂,后果又严重了。头一回闯大会堂,她就成了当代"小白菜";同一个妇女,闯两回大会堂,她的知名度,就赶上过世的某明星了。从省到市到县的各级领导,不知又会有多少人人仰马翻呢。

县长郑重也乱了方寸。李雪莲跑了，他没顾上李雪莲，先把法院院长王公道和法院专委贾聪明叫来，气呼呼地问：

"到底是咋回事？"

贾聪明没想到事情砸锅了，吓得浑身哆嗦。法院院长王公道闻知此事，他生气首先不是生气李雪莲再次逃跑，而是他的部下贾聪明主动插手到这狗屎堆里；上回李雪莲从家逃跑是公安系统的责任，这回李雪莲从山东跑了，就跟法院有牵连了。更让他生气的是，他看出来，贾聪明插手这狗屎堆，是为了自己能当上法院副院长；人有私心可以原谅，当贾聪明以为这事大功告成时，不向他汇报，越过他直接向县长汇报；除了邀功，还想证明王公道无能，就让王公道窝火了；没想到做好的米饭又砸了锅，煮熟的鸭子又飞了，王公道还有些幸灾乐祸；但县长郑重不管这些，贾聪明邀功的时候没有王公道，现在事情砸锅了，追究责任，却把他叫来一锅煮了，就更叫他气不打一处来了。但县长郑重正在发火，他哪里敢分辩许多？只好低头不说话。贾聪明也知道祸全是他惹的；法院院长王公道，也对他憋了一肚子气；只好哆哆嗦嗦，将实情讲了。本来事情已经办成了，赵大头就要跟李雪莲结婚了；但赵大头与贾聪明的交易中，还有赵大头儿子在畜牧局转正工作的事；可上次给县长汇报时，贾聪明没有汇报赵大头儿子的事；赵大头反过来追问此事，他便不好回答，两人在电话里吵了起来；没想到这电话被李雪莲听到了，于是事情就败露了，李雪莲就跑了。听完事情败露的始末，郑重更急了，骂贾聪明：

"你上次为什么不汇报？你这叫瞒情不报，你这叫'因小失大'！"

和上次市长马文彬训他时用的成语一样。王公道瞅准机会，又在旁边添油加醋：

"还不是因小失大的事，他瞒情不报，是光惦着自己当副院长了，他这是私心。"

又说：

"好端端的事，因为一己之私，又把各级政府搞乱了。"

郑重的火，果然又让王公道挑起来了，指着贾聪明：

"你的名字没起错，你不是'真'聪明，你是'假'聪明；你不是'假'聪明，你是过于聪明，你是聪明反被聪明误！"

又问王公道：

"李雪莲跑到哪里去了？"

王公道抖着手：

"不知道哇。"

看郑重又要发火，忙说：

"看这样子，肯定又去北京告状了。"

郑重：

"既然知道，还站在这里干什么？赶紧去北京，把她给我抓回来呀！"

王公道愣了，嘴也有些结巴：

"郑县长，抓人，是公安系统的事呀，跟法院没关系。"

郑重：

"怎么没关系？二十年前，这案子就是你们法院判的。再说，你不跟她还是亲戚吗？"

王公道忙说：

"啥亲戚呀，八竿子打不着。"

郑重指着王公道：

"我看你也是'假'聪明，我告诉你，这事躲是躲不掉的，如果再出事，我县长当不成，你法院院长也保不住！"

又瞪王公道：

"别想蒙我，往年，你们法院也去北京找过李雪莲。"

王公道吓得浑身出了汗，忙说：

"郑县长，啥也别说了，我马上带人去北京。"

郑重：

"不是光去就完了，是把北京的大街小巷给我篦一遍，把李雪莲篦出来！"

王公道带着贾聪明，屁滚尿流地走了。王公道和贾聪明走后，郑重镇定下来，决定给市长马文彬打个电话。马文彬正在北京开人代会。上次给他打电话时，告诉他李雪莲的事情圆满解决了,她要跟人结婚了,还得到马文彬的表扬;没想到两天过后,又鸡飞蛋打;但郑重不敢瞒情不报,上回李雪莲从家逃跑,郑重想遮掩一时,后来被马文彬知道了,主动给郑重打了个电话,郑重马上陷入被动,让马文彬说出"有些失望"的话。这次李雪莲逃跑,情况比上次还严重;上次从家里逃跑,是就上访而上访;这回与赵大头闹翻,心里还憋着一肚子气;上回逃跑人代会还没开幕,现在人代会正开得如火如荼;如汇报晚了,再让马文彬知道了,马文彬就不是"有些失望",会是"彻底失望";事情就无可挽回了。不是说李雪莲的事无可挽回,而是郑重的政治生命就无可挽回了。但拿起电话,他又有些心惊胆战,两天前说事情已圆满解决,两天后突然又节外生枝,事情像打烧饼一样翻来覆去,就算及时汇报了,马文彬也会气不打一处来,就像郑重对王公道和贾聪明气不打一处来一样。拿起电话,又放下了。如此三次,他动了个心眼儿,没有马上给马文彬打电话,改成给市政府秘书长打电话;市长马文彬在北京开会,秘书长也跟他去了北京;想先探一下秘书长的口气,然后再斟酌向马文彬怎么说。这时郑重又感叹,过去他是一个天不怕地不怕的人,在邻县当常务副县长时,曾处理过群众围攻县政府的事;没想到调到这个县当县长,遇到一个李雪莲,被她的事情折腾得前怕狼后怕虎。他不明白的是,李雪莲闹的是婚姻的事,二十年来,各级政府怎么插手到人家的家务事里了？而且越插越深；李雪莲本是一农村妇女，她的一举一动，怎么就牵着各级领导的鼻子走了？这过程是怎么演变的？大家到底怕什么呢？郑重一时想不明白。但感叹归感叹，事情迫在眉睫，又不能不马上处理；事情虽然拧巴，但又得按拧巴来。电话打通，郑重向秘书长汇报了李雪莲事情又翻烧饼的情况，秘书长也吃了一惊：

"那个妇女不是要结婚了吗？怎么又要告状呢？"

郑重没敢汇报贾聪明为一己之私，聪明反被聪明误的事；向上级汇报情况，说下级无能，等于在说自己无能，也属节外生枝；便说：

"本来他们就要结婚了，两人在外地闹了些矛盾，这女的就又跑了。"

把责任推到了赵大头和李雪莲头上。秘书长：

"这事有些被动呀。"

郑重忙跟着说：

"可不有些被动。可他们两人之间的事，我们也料不到呀。"

秘书长：

"我说的被动，不是这个被动。昨天晚上，马市长陪省长吃饭，省长在饭桌上，也问到'小白菜'的事，马市长便把'小白菜'要结婚的事当笑话说了；当时省长笑了，其他领导也笑了。一天过去，笑话真成了笑话，让马市长怎么再向省长解释呢？"

郑重听后，出了一身冷汗。郑重明白，事情比自己想象的，更加严重了；事态已经从市长扩大到了省长。事情总在翻烧饼，郑重不好向市长解释是一回事，连带市长不好向省长解释，就是另外一回事了。只是郑重不好向市长解释，市长不过对他"有些失望"；连带市长不好向省长解释，市长对他就不是"有些失望"，也不是"彻底失望"，说不定马上就会采取组织措施。马文彬在干部任用问题上，从来都是雷厉风行。虽然郑重也是马文彬提拔的，但此一时彼一时，也是成也萧何，败也萧何。郑重浑身上下的衣服全湿透了。他先向秘书长检讨：

"秘书长，是我工作没做好，给领导惹这么大的祸。"

又说：

"秘书长，事到如今，该怎么办呀？"

又哀求：

"您也是我的老领导，不能见死不救呀。"

秘书长倒是个忠厚人，也替郑重想，沉吟半天，在电话里说：

"事到如今，只能用笨办法了。"

郑重：

"啥笨办法？"

秘书长:

"你从县里多抽些警力,换成便衣,让他们在李雪莲之前,赶到北京,在大会堂四周,悄悄撒上一层网。"

又说:

"当然,北京的警力,在大会堂四周,已有一层网,你把网撒在他们外边;如李雪莲要冲大会堂,在北京警方抓住她之前,我们先抓住她。"

又说:

"只要李雪莲不在大会堂出事,哪怕在北京别的地方出事,性质都不会那么严重了。"

又说:

"就当保卫大会堂吧。"

郑重听后,也眼前一亮,觉得秘书长的主意高明,马上兴奋地说:

"我代表全县一百多万人民,感谢秘书长的大恩大德。"

又说:

"我马上去布置警力。"

又说:

"还求秘书长一件事,这事能不能先不告诉马市长,我们尽量在我们的范围内解决。马市长的脾气,您也知道。"

马上又说:

"当然，我也知道，这么做，您替我们担着好大责任。"

秘书长：

"我尽量吧。但关键还在你们，这网要布成铜墙铁壁。"

郑重：

"请秘书长放心，我们一而再再而三地失误，这回再不能让它出纰漏，我们一定布成铜墙铁壁，就是一只蛾子，也不会让它飞过去。"

与秘书长通完电话，郑重马上将县公安局长叫来，让他马上抽调几十名警察到北京去，换成便衣，在人民大会堂四周，在北京警力之外，再布上一层网，抓到李雪莲。郑重：

"上回，就是你们把李雪莲放跑的，这可是最后一次机会；这回再出纰漏，就不是撤你职的问题了，我直接把你当成李雪莲抓起来！"

上回在警察手里跑了李雪莲，公安局长已如惊弓之鸟；后来听说跑掉的李雪莲，又要与人结婚了，不再告状了，才松了一口气；接着听说李雪莲又跑了，马上又紧张起来；虽说李雪莲第二回跑跟警察没关联，属节外生枝，但没有第一回跑，哪来第二回跑呢？现在见郑重脸色严峻，马上说：

"请郑县长放心，我马上抽调人，坐火车赶到北京。"

郑重又火了：

"火烧屁股了，还坐个火车，不能坐飞机呀？"

又说：

"事到如今，时间就是生命。"

公安局长马上说：

"马上坐飞机，马上坐飞机。"

又解释：

"办案经费紧张，以前没这习惯。"

这时郑重多了个心眼儿，往北京派警力布网的事，他不准备告诉法院院长王公道，仍让王公道带领法院系统的人，去北京大街小巷寻找李雪莲。双箭齐发，也算笨办法。郑重又对公安局长交代：

"这是秘密行动，不准告诉任何人，连法院也不能告诉。"

公安局长：

"别说法院，我连亲爹都不告诉。"

屁滚尿流地走了。

· 十一 ·

王公道带领法院十四个人,已经来北京三天了,还没有找到李雪莲。王公道并不知道县里又派了几十名警察,在人民大会堂四周撒了一层网,以为寻找李雪莲的任务,全在他们这拨人身上。十四个随员,加上王公道,共十五个人,三人一组,分成五组,在北京展开了地毯式的搜索。其中两个随员,往年来北京找过李雪莲,便由这两个随员,带两组人,去搜查李雪莲往年住过的小旅馆。这些小旅馆,大都藏在破旧的胡同深处,或在大楼的地下室里,又脏又臭。除了旅馆,还有李雪莲在北京认识的老乡,开小饭馆的,在建筑工地打工的,在北京卖菜的,或在北京街头捡破烂的,凡能找到的人,都寻访到了。该寻访的地方和人都寻访到了,不见李雪莲一丝线索。另外三组人,集中搜查北京所有的火车站和长途汽车站。一是盼着李雪莲到京比他们晚，来个守株待兔；二是揣想李雪莲在北京住不起旅馆，夜里到火车站或汽车站的屋檐下歇息。但三天下来，火车站、汽车站换了千百万人，没有一个是李雪莲。天天找人不见人，王公道便把火发到了贾聪明头上。来北京找李雪莲，贾聪明本不想来，王公道像县长郑重逼他一样，训斥贾聪明：

"你哪能不去北京呢，你是始作俑者呀，不是你，今年整个法院都跟找人没关系。你为一己之私，毁的不是你自己，而是整个法院，你还想躲？"

又说：

"不是你去不去寻人的问题，是你寻到寻不到人的问题。如果寻不到李雪莲，在县长把我撤职之前，我不撤你专委的职，我请示中院，开除你的公职。"

贾聪明自知理亏，只好哭丧着脸来了。也是想戴罪立功，寻起人来，劲头倒蛮大。但一个人能不能找到，和找人劲头大小是两回事。连李雪莲是否到京都不知道，就是到京了，连她的住处都摸不准，满世界乱找有啥用呢？不找人，不知北京之大；不找人，不知北京人多；茫茫人海中，似乎找到是一种偶然，找不到倒成了必然。找不到人，就得继续找；何时人能找到，没有丝毫的把握。也跟北京的警方接上了头，凡去一个旅馆，或一个建筑工地，或一个菜市场，或一帮捡破烂者的居住地，都和那里的街道派出所取得了联系；所有火车站、汽车站的派出所也都去过；拿出李雪莲的照片，让人家辨认。一是北京正在开全国人民代表大会，北京角角落落的警察都忙；二是来北京像他们一样寻人的，全国各地都有；此类案件，并不是他们一家独有；北京的警察就顾不过来。因为忙，对外地的求助者就爱答不理。你拿出一张县法院的介绍信，还有拿市政府、省政府介绍信的呢；王公道等人还有些气馁。倒是有几处北京的警察，看了他们的介绍信，还感到奇怪：

"找人应该是公安呀，法院的人怎么上了？"

这时王公道便气不打一处来，指着贾聪明：

"你问他呀！"

倒弄得北京的警察一愣。贾聪明像罪犯一样，羞得连地缝都想钻进去。不但王公道对贾聪明没好气，来北京找人的其他十三个同事，也皆埋怨贾聪明无事生非，为了自己当副院长，把大家都带入了火坑。到北京找人，不同于到北京旅游看风景；旅游心里无事，就是个玩，找人一脑门子官司；旅游一天早早就歇着了，大家找李雪莲天天找到凌晨两点；凌晨，才好在小旅馆、汽车站或火车站堵人；皆累得眼冒金星。这天找到凌晨两点，回到宾馆，大家又累又饿，鸡一嘴鸭一嘴，又埋怨起贾聪明。贾聪明为了向大家赎罪，提出请大家吃夜宵。大家便问吃什么，如每人一碗馄饨，也就别费这劲了，还不如早点歇着；贾聪明便允大家鸡鸭鱼肉，样样俱全，再上几瓶白酒。好不容易把大家吆喝上，贾聪明又去王公道的房间喊王公道。王公道却寒着脸说：

"人没找到，还有心思吃饭？"

但一眼就能看出，王公道不去吃这饭，不单惦着找人，更主要的，是不想给贾聪明面子。如吃饭院长不去，这饭不等于白请了？贾聪明又拉下脸求王公道：

"王院长，知你心里有气，你就大人不计小人过吧。"

又故意扇了自己一巴掌：

"啥也别说了，都是我爹害了我，当初让我帮领导解决难事和急事的主意，就是他出的。"

王公道这才磨磨蹭蹭，跟大家去吃饭。唯一让人感到安慰的是，三天没找到李雪莲，三天过去，李雪莲在北京也没有出事。王公道盼着，哪怕这么瞎子摸象再找十天呢，只要十天李雪莲不出事，那时全国人民代表大会就闭幕了，就算找不到李雪莲，也能回去交差了。县长郑重一天一个电话，追问李雪莲抓到没有；虽然三天没抓到，王公道把只要再有十天不出事，全国人民代表大会一闭幕，大家也能交差过关的道理讲了；没想到郑重在电话那头发了火：

"胡说，有这思想，就肯定会出纰漏。"

又说：

"腿在李雪莲身上长着，脚在李雪莲腿上长着，你咋能保证她十天不出事？"

又说：

"现在人代会才开到三分之一，越到后面，越容易出事，可不敢麻痹大意。还是那句话，找不到人，你带着辞职书来见我！"

王公道唯唯连声。但找一个人，哪是那么容易的？人当然还是要找，同时盼着李雪莲不出事，也不能算错。

天天找李雪莲到凌晨两点，夜里风寒，找人找到第四天，两个随员病了。白天还只是咳嗽，到了半夜，发烧三十九度五。王公道忙让人把他们送到医院打点滴。折腾到第二天早上，高烧仍不退，又大声咳嗽，一人还咳出几条血丝。第二天找人，不但病倒的两个人不能上街，还得另抽一个人在医院照看他们。本是五个小组，缺了三个人，王公道只好把剩下的人，临时编成四个小组。另有一个随员老侯，突然又闹着回家，说再过一周，是他老娘去世三周年的日子；他爹死得早，他从小由寡妇娘带大；三周年的事，还指着他张罗呢。又噘着嘴说，原以为找人也就三五天的事，谁知成了持久战。听说老侯闹回家，其他随员也人心浮动。王公道开始批评老侯，是个人利益重要，还是工作重要？放到平时，不但让老侯请假操办他老娘的三周年，正日子那天，王公道还会亲临现场呢；问题是李雪莲又到北京告状，国家正在召开全国人民代表大会；是全国人民代表大会重要，还是你娘的三周年重要？身为国家干部，不知道孰轻孰重？像剃头挑子一样，不知道哪头轻哪头沉？哪头冷哪头热？是什么原因把全国人民代表大会和你娘的三周年连在了一起？正是李雪莲告状；要恨，你就恨李雪莲吧。又许诺，若老侯以大局为重，不再回去参加老娘的三周年，继续留在北京找李雪莲，待找到李雪莲，老侯由助理审判员升审判员的事，回去法院党组就研究。连打带哄，软硬兼施，才将老侯留住，也才平息了大家的情绪，稳定了军心。

转眼又过了三天，李雪莲还没有找到；但这三天过去，李雪莲在北京仍没出什么事。王公道一方面找人找得心焦，同时又三天没出事，心里仍感到安慰。盼着再有一个礼拜不出事，全国人民代表大会一闭幕，从上到下，大家都跳出了这个火坑。又怀疑李雪莲在跟大家玩猫捉老鼠，根本没来北京，去了别的地方，再一次改主意不告状了；又觉得她告状告了二十年，狗改不了吃屎，加上她与赵大头又闹翻了，正在气头上，也许不是不告状，是要找个关键时候告状；不是没来北京，是在北京某个地方藏着，正谋划人代会换届选举那天，再闯大会堂呢；马上又出了一身冷汗，觉得县长郑重骂得也有道理。

这天清早正要出门，一个在北京开饭馆的老乡老白，带领一个人来找王公道。为查找李雪莲的线索，前几天王公道带人去过老白的饭馆。说是一个饭馆，也就巴掌大一块地方，三五张桌子，卖些馄饨水饺杂碎汤等小吃。王公道以为老白发现了李雪莲的行踪，来提供线索，心中一喜；没想到老白指着另一个人说：

"王院长，这是毛经理，也是咱老乡，晚上想请你吃饭。"

王公道马上没了情绪：

"那可不行，正执行任务呢。"

老白知道一帮人在抓李雪莲，怕她冲击大会堂，便说：

"吃饭是晚上，晚上人民大会堂不开会，李雪莲冲进去也没用，不用担心。"

又说：

"累了七八天了，该喝一杯解解乏了。"

又将王公道拉到一边，悄悄指着王公道十多名随员：

"就是晚上巡逻，也该他们去呀，你是领导，就不必亲力亲为了。"

话说得句句有些愣，但仔细听起来，又话糙理不糙；王公道被他逗笑了。王公道指着老白带来的那人：

"他是什么人？"

老白又悄声：

"实不相瞒，说是个经理，出门也说自个儿是搞贸易的，其实就在北京卖个猪大肠。"

王公道一愣，和一个卖猪大肠的坐在一起吃饭，有失法院院长的身份。老白见王公道错愕，忙又说：

"但他卖猪大肠，和别的卖猪大肠的不同；北京市场上所有的猪大肠，都是从他这儿批发的，他可不就发了吗？"

王公道点头，不该以职业论高低；人不可貌相，海水不可斗量；接着又有些怀疑：

"他一个卖猪大肠的，请我吃饭干什么？"

老白：

"没事，都是同县人，相遇在北京，想结识一下王院长。"

王公道：

"别蒙我，说没事的人，恰恰有事。"

老白只好说实话：

"老家有个案子，想请王院长帮忙。"

王公道如惊弓之鸟：

"是离婚案吗？"

老白知道王公道被李雪莲离婚的案子吓怕了，忙摆手：

"不离婚，不离婚，有点经济上的纠纷。"

有经济纠纷王公道倒不怕，但也没有马上答应，只说了一句：

"再说吧。"

便带人上街找李雪莲去了。一天过去，王公道已忘了此事，没想到到了下午五点，老白又给王公道打电话，问王公道在哪里，老毛要请他吃饭；王公道这才想起早上说的话，但也只是应付一句：

"在永定门火车站呢。吃饭的事，就算了吧。"

没想到半个小时后，那个卖猪大肠的老毛，竟开着一辆"奔驰"车，拉着老白，来永定门火车站接王公道。王公道看着锃亮的"奔驰"，这才知道老毛卖猪大肠的厉害。一方面看人确有诚意，另一方面七八天风里来雨里去，没吃过一顿正经饭，确实想找个干净的地方喝上一杯；于是半推半就，一边交代手下的随员继续找人，一边上了老毛的"奔驰"车。

老毛倒也懂事，没将王公道拉到老白的小饭馆，直接拉到西四环路边的"888公馆"。一进公馆，灯火辉煌；天仙般的美女，排成两排；王公道舒了一口气，感觉刚刚回到人间。先去"桑拿"，洗了一番，蒸了一番，搓了一番，浑身上下打扫干净，才去包间吃饭。包间有一百多平方米，宽敞明亮，屋子正中拱起一座小桥，桥下"哗哗"地流水。沿着小桥一轮一轮上的菜，皆是鱼翅、燕窝、象拔蚌、小米炖海参……这样的宴席，王公道在县上的"世外桃源"也时常吃到；该县虽地处内陆，倒不缺世界各地的海鲜；但现在人在北京，七八天风里来雨里去，没吃过一顿正经饭，对这宴席，便一下感到亲切。又打量屋内仙境般的陈设，感叹北京和老家，就是不同；菜相同，环境不同；或菜相同，人却不同；同是自己，在本县和在北京，又是不同；真是此一时彼一时。七八杯酒下肚，王公道便有些醉意。没有醉意，他也会显出醉意，这也是院长当了七八年积下的经验。越是丰盛的宴席，越是有事，越是好吃难消化；一个"醉"字，便能挡住千军万马。酒过十巡，老白便示意老毛说事；这眼神让王公道察觉了，王公道又假装没看见。老毛便说自己有个表哥，趁着老毛在北京卖猪大肠，与老家的县外贸局做起了猪鬃生意；头几年合作得很好，没想到去年起了冲突，从年前到现在，县外贸局一直欠钱不还；几次协调不成，马上要打官司，请王院长做主。王公道：

"多大的标的呀？"

老毛：

"两千多万。"

王公道吃了一惊，做一个猪鬃生意，竟有这么大的标的；正因为标的大，肯定是桩难缠的官司；便更加显出醉意，舌头绊着嘴说：

"我可有些醉了。"

老毛也懂事，马上说：

"王院长，这事改日再说。"

又说：

"俗话说得好，喝酒不说事，说事不喝酒。"

王公道倒觉得老毛这人厚道。又十几杯下肚，王公道真喝醉了。一醉，脑子便撤了岗，又主动问起老毛说的案子。老毛便开始叙述案情。但王公道脑子越来越乱，如千军万马在云里雾里奔腾，一句也没听清楚。这时老白插话：

"王院长，这案子可比李雪莲的案子简单多了。"

听老白提起李雪莲的案子，王公道脑子倒转动起来；脑子里的千军万马，皆开始奔向李雪莲的案子；于是打断老毛的案子，开始主动说起李雪莲的案子。老毛的案子他一句没听清，李雪莲的案子，他却说得明白。因为二十年前，李雪莲的案子就是他审的；二十年的风风雨雨，他也都经历了；二十年的种种艰辛，他也都品尝了；二十年都经历了，还不知何时是个尽头。说着说着，王公道哭了，用拳头擂着桌子：

"李雪莲，你个老杂毛，你可把我害苦了！"

老白和老毛面面相觑，不知该怎么劝他。王公道磕磕绊绊又想说下去，头一歪，栽到桌上睡着了。老白和老毛只好把他架出公馆，架到车上，把他送回他住的宾馆。

第二天早上酒醒，昨天夜里吃饭时，与老白老毛说过什么，王公道一句也不记得。酒虽醒了，酒的后劲儿又找上来，头疼欲裂。昨晚喝的是"茅台"，可能这"茅台"是假的。王公道抱着头，又觉得昨天晚上那顿饭吃的不值；为了一顿饭，跟卖猪大肠的坐到了一起；更重要的，也不知胡言乱语说了些什么。懊悔归懊悔，但懊悔的是昨天，今天的事情却不能耽误，还得上街找李雪莲。王公道忍着头疼，又带人出门。晕晕乎乎一上午，酒劲儿还没挥发完。王公道这组也是三人，中午，三人找了一家面馆吃中饭。两个随员"吞喽""吞喽"吃面，王公道只顾喝水。看着碗里的面和卤蛋，在他眼前放大了晃。正在这时，王公道的手机响了；掏出手机看屏幕，是另一组的老侯打来的。王公道以为老侯又要说他娘三周年的事，无精打采地说：

"你娘的事，不是说过了吗？"

没想到老侯说：

"王院长，我发现李雪莲了。"

王公道昨晚喝下的酒，噌的一声，全随着冷汗冒出来了，头也马上清醒了，声调也变了，忙不迭地问：

"你在哪里？"

老侯：

"在宋家庄地铁口。"

王公道：

"那还等个哇，赶紧拦住她呀。"

老侯：

"这里就我一个人，地铁口人又多，她踢蹬起来，我怕弄不住她呀。"

王公道：

"其他两个人呢？"

是指老侯那一组的其他两个人。老侯：

"在饭馆吃饭呢。我有点拉稀，也是出来找厕所，突然发现了她。"

王公道顾不上跟他啰唆，忙交代：

"那你不要打草惊蛇，先盯紧她，别让她跑了，我马上调人支援你。"

接着头也不疼了，一边示意其他两个随员放下面碗，随他走出饭馆，一边分别给其他两个搜寻组打电话，让他们赶紧打车，火速赶到宋家庄。电话里布置完，他们三人也上了出租车。半个钟头后，他们赶到了宋家庄地铁口。这时另一搜寻组也赶到了。老侯那组的其他两个人，也回到了老侯身边。但等王公道跑到老侯面前，老侯却说，李雪莲已经不见了。王公道急了：

"不是让你盯紧她吗？"

老侯指着地铁口出出进进的人流：

"你说得容易，这么多人，哪里盯得住？转眼就不见了。"

王公道顾不上埋怨他，指挥大家：

"赶紧，分头，地铁里地铁外，把它翻个底朝天，也得把她给我找出来。"

大家便分头搜查地铁内外。这时第四搜寻组的人也赶到了，也加入到搜寻的行列。但从中午搜到半下午，十二个人，像篦头发一样,把宋家庄地铁站内外篦了七八遍,里外没有李雪莲的身影。地铁是个流动的场所,也许李雪莲早坐地铁去了别的地方。于是大家各归各组,分别搭乘地铁,去别的地铁站搜索。但北京的地铁线路也太多了,一号线,二号线,五号线,八号线,十号线,十三号线,八通线,亦庄线……共十几条线路;停靠站也太多了,有二百多个;哪里搜得过来?问题是你搜过这趟列车,搜过这个停靠站,并不证明这趟列车和这个停靠站就保险了;列车不停地穿梭,说不定你刚搜完这车和这站,李雪莲又坐车回来了,换了另一趟列车。也是能搜多少列车搜多少列车,能去多少站台,就去多少站台。大家从半下午一直搜到夜里十二点,也没顾上吃晚饭,还是不见李雪莲的踪影。到了夜里一点,北京所有地铁线路都停运了,所有的地铁站全关闭了;四个搜寻组,又回到宋家庄地铁口集合。没发现李雪莲还没这么担心,发现而没找到,就不知道她接着会干出什么,会惹出多大的乱子;本来盼着剩下几天不出事,全国人民代表大会就闭幕了,没想到李雪莲突然出现了;李雪莲身在北京,出事就在眼前,只是不知道这个事出在明天,还是后天。一下午一晚上时间,把王公道急得嘴上出了一排大血泡。但他没顾血泡,又埋怨老侯:

"当时发现了,还不扑上去,你那么一大胖子,压不住一个妇女呀?"

老侯还不服:

"你不是不让我打草惊蛇吗?"

又解释:

"咱也没穿制服,穿着便服,我怕我扑上去,李雪莲一喊,街上的人再把我当成流氓打一顿。"

其他的随员,倒被老侯逗笑了。王公道没笑,这时问:

"你到底看准没有呀,那人到底是不是李雪莲呀?"

这一问,老侯又有些含糊:

"我看的是个背影,她没转身,也没看清她的前脸。"

王公道:

"那你怎么断定是李雪莲呢?"

老侯当时敢断定,现在又不敢断定了:

"看着像呀。"

有随员埋怨老侯:

"别再看花了眼,让大家从中午忙到半夜,也没顾上吃饭。"

王公道心里也埋怨老侯,好不容易碰到一个像的,又没看准。没看准就有两种情况,那人可能是李雪莲,也可能不是。不是李雪莲虚惊一场,可万一要是呢?这危险就大了。王公道不敢松懈,第二天起,仍把北京地铁当成搜寻的重点,派三个搜寻组搜寻地铁;剩下一个组搜寻街上、火车站和长途汽车站。

但两天过去，不管是地铁还是街上，不管是火车站还是长途汽车站，都没有搜到李雪莲。没有搜到李雪莲，也没见李雪莲在北京出事。王公道便倾向于老侯两天前在宋家庄地铁站看到的那个人，不是李雪莲。这时心里又得到些安慰。全国人民代表大会再有五天就闭幕了，如果这五天能平平安安度过，不管李雪莲是否抓到，他都念阿弥陀佛了。

但这天半夜，他们没找到李雪莲，李雪莲却被北京警方找到了。大家搜寻一天，一无所获，回到宾馆睡觉。王公道刚脱衣躺下，手机响了。接起，是北京西城一个街道派出所打来的。十天前，王公道带人刚来北京时，曾搜寻过西城区一个地下室旅馆；李雪莲往年来北京告状时，曾在这里住过；一无所获后，又去这个街道派出所接头，留下了案情和电话。这个街道派出所的警察在电话里说，今天晚上，他们在中南海附近巡逻，碰到一个农村妇女，看样子像个上访的；带回派出所，问她话，一句不答；虽然不答话，又不像个哑巴；哑巴都是聋子，警察问话，看出来她明显能听懂；看她的模样，有点像十天前，王公道等人说的那个人。王公道一激灵，忙从床上跳起来：

"这人多大岁数？"

北京的警察在电话里说：

"五十来岁。"

王公道：

"长得啥模样？"

北京警察：

"中等个儿，短发头。"

王公道：

"多胖多瘦？"

北京警察：

"不胖不瘦。"

王公道拍了一下巴掌：

"就是她，我们马上过去！"

忙将十来个随员喊起，跑出宾馆，打了三辆出租车，风风火火往这个街道派出所赶。王公道心里的一块石头，终于落地了。看来李雪莲还是来了北京。既然她在北京，不管李雪莲在人代会期间是否会出事，抓到李雪莲，还是比两手空空回去，更好向各级领导交代。王公道如释重负，与王公道同乘一辆车的其他三个随员，也都十分兴奋。一个随员开始称赞北京警察：

"北京的警察，就是比咱厉害；咱们找了十来天连毛都没见着，人家一个晚上，就把她找到了。"

另一随员说：

"不管李雪莲是被谁找到的，只要咱们把她带回县里，功劳就算咱们的。"

连垂头丧气十来天的贾聪明，这时都敢跟王公道凑趣：

"人找到了,王院长,得请客呀。"

王公道按捺不住心头的兴奋,也就顾不得跟贾聪明计较,拍着大腿说:

"请客,一定请客,大家忙乎十来天,明天中午,咱们去吃烤鸭。"

说话间,到了街道派出所门口。大家下车,进了派出所,到了值班室,与值班的警察接洽过,警察转身去了后院。两分钟后,带来一个农村妇女。大家一看,全都傻了。原来这妇女不是李雪莲。岁数、身材都像,可脸不是。北京警察:

"一看就是个老告状油子,还跟我们装哑巴呢。是她吗?"

王公道倒哑巴了,像傻子一样摇摇头。

第二天一早,大家只好又在北京继续寻找李雪莲。

· 十二 ·

全国人民代表大会召开十二天了,李雪莲还没来到北京。法院院长王公道等十几人,等于在北京白找了;县公安局几十名警察,在人民大会堂四周,在北京警力布的网之外,又撒了一层网,这网也等于白撒了。李雪莲没到北京,并不是她改了主意,不来北京告状了;她没改主意,或来北京的路上,被山东、河北的警察拦截在半路上;山东、河北的警察也没有拦她,而是李雪莲病倒在半道上。也正是担心警察在半道上拦截上访告状的,李雪莲从泰安到北京,没敢坐京沪线上的火车,也没敢坐从泰安到北京的长途汽车,而是从泰安到长清,从长清到晏城,从晏城到禹城,从禹城到平原,从平原到德州,从德州到吴桥,从吴桥到东光,从东光到南皮,从南皮到沧州,从沧州到青县,从青县到霸州,从霸州到固安,再准备从固安到大兴,从大兴进北京……坐的全是县际间的乡村汽车。打一枪换一个地方，为了能躲开沿着京沪线布防的各地警察。也是二十年上访告状，与警察斗智斗勇，路上走出的经验。虽然走一站换一回车让人劳累，也多花出好几倍的路费，但总比图轻爽和省钱让警察抓住强。走一站停一站也耽误时间，但全国人民代表大会要开半个月，只要在大会期间赶到北京，就不耽误她告状。她也料到县上知道她去北京告状，会派人去北京搜寻；二十年她年年告状，二十年县上年年拦截；能逃出去到北京的，不过五回，回回又有警察追到北京；根据她在北京与警察玩躲猫猫的经验，早到北京，警察找人的精力正旺，说不定就被他们找到了；晚几天到北京，警察找人已经疲沓了，倒更容易钻他们的空子。

　　从泰安出发，一路上走走停停，五天之后，李雪莲赶到河北固安。一路上虽然辛苦，但也没出什么岔子。固安是河北与北京的交界处，由固安再换两回车，也就到了北京。李雪莲心中一阵高兴。车到固安，已是傍晚，李雪莲在一条小胡同里找到一个小客店，早早睡下，准备养足精神，明天进北京。一夜无话。第二天一早，李雪莲从床上坐起，突然感到头重脚轻。用手摸摸自个儿的额头，竟像火炭一样烫。李雪莲不禁暗暗叫苦，路上不是生病的地方；告状路上，身体更不能出毛病；一出毛病，毁的不仅是身体，有可能就是告状。但人已到了固安，北京就在眼前，北京的全国人民代表大会，也是开一天少一天，李雪莲不敢因为身体有病，在固安停歇；挣扎着起身，洗把脸，出了客店，沿着胡同走到大街上，又一步步走到长途汽车站。在汽车站外边的饭摊上，买了一碗热粥，盼着热粥喝下去，能出一身汗，发烧也就好了。没想到一口粥喝下去，又开始反胃；刚喝下的粥，又吐了出去。放下粥碗，仍不想在固安停歇，挣扎着买了车票，上了开往大兴的县际客车。在车上想自己的病，也是从泰安一路走来，先后换了十几趟车，路途过于劳顿。为了省钱，到一个地方，尽买些大饼就咸菜干吃，三天来没吃过一口青菜，也没喝过一口热汤。李雪莲这时后悔，俗话说穷家富路，不该路途上这么亏待自己。亏待自己没啥，耽误了进京告状，就得不偿失了。这时又想，路途劳顿、亏待自己是一方面，更大的原因，还是让赵大头气着了。中学时候，赵大头就对李雪莲有意；二十年前，李雪莲头一回进京告状，赵大头还帮过李雪莲；二十年后，赵大头又追求她；为了追求她，还帮她把看守她的警察灌醉，一块儿逃到了山东。原以为他帮她是为了和她结婚，在邻县旅馆里，还让他上了身；正是因为两人在一起感觉好，李雪莲才听信赵大头的话，不进京告状了，跟他一块去泰山旅游；万万没有想到，这竟是一个圈套，赵大头已经跟县上的官员勾结好了；赵大头把她拿下，不仅是为了和她结婚，结婚的背后，是为了不让她再告状；她不告状，从上到下的官员不就解脱了？为了不让她告状，赵大头和县上的官员在背后还有别的交易。当李雪莲无意之中听到赵大头的电话，她的脑袋，轰的一声就炸了。炸了不仅是恨赵大头和官员勾结，同时恨的还有她自己。李雪莲今年四十九岁了，告状告了二十年，走南闯北，啥样的场面没见过？大江大河都过了，没想到在小阴沟里翻了船，栽到了赵大头手里。光是上当还没什么，还让赵大头上了身。上当可以报仇，上过的身，如何洗刷呢？盆碗弄脏了可以洗刷，身子脏了如何洗刷呢？穆桂英五十三岁又挂帅，李雪莲四十九岁又失身。她二十年告状的原因之一，就是秦玉河说她是潘金莲；过去二十年不是潘金莲，如今让赵大头上了身，倒成了潘金莲了。当时她想杀了赵大头。但仅仅杀了赵大头，她并不解气。杀了赵大头，李雪莲也等于同归于尽；不伤从上到下的官员的一根毫毛，反倒把他们解脱了。杀赵大头之前，李雪莲还得先告状。告状之后，再杀赵大头不迟。现在的告状，又和往年的告状不同了；或者说，跟二十年前头一回告状又相同了：她告的不仅是秦玉河，还有从上到下的一系列官员，跟赵大头谈交易的法院专委贾聪明，法院院长王公道，县长郑重，市长马文彬……是他们，共同，一步步把李雪莲逼到了这个地步。正因为憋着一肚子气上路，人在车上，浑身却在冒火。正因为冒火，浑身燥热，便打开车窗吹风。虽然立春了，路上的风也寒；一路寒风吹着，燥热可不就转成了伤寒，人可不就发起了高烧？从固安到大兴的县际客车上，李雪莲倒把身边的车窗关严实了；但她头靠车窗，身上烧得越来越厉害了。清早起床只是头上烧，现在明显感到全身掉到了火堆里。走着烧着，脑袋都有些迷糊了。这时客车开到固安与北京大兴的交界处，李雪莲突然发现，交界处停着四五辆警车，警车上闪着警灯，公路旁站着警察，举着手里的警棒，示意所有开往北京的车靠边，接受检查。路旁已停满接受检查的车辆，有大客车，有货车，有面包车，也有小轿车。李雪莲一惊，身上出了一阵冷汗；从泰安出发，没敢坐京沪线的火车，也没敢坐泰安至北京的长途汽车，倒了这么多乡村汽车，看来还是没有躲过警察的检查。看来这十几趟的乡村汽车也白换了；被风吹着，浑身发烧也白烧了。倒是惊出一身冷汗，浑身感到轻爽许多。停下接受检查的车辆，排成了长队。等了一个多小时，两个警察才上了李雪莲乘坐的客车。警察挨个儿检查各人的证件，询问去北京的理由，检查各人去北京的县政府开出的证明。和二十年前李雪莲头一回进北京，在河北与北京的交界处，遇到的检查一样。但这种场面李雪莲经得多了，既然赶上了，李雪莲也不惊慌。警察挨个儿盘查，有的旅客过了关，有的被警察赶下了车。被赶下车的，也都默不作声。终于，一个警察检查到了李雪莲。先看了李雪莲的身份证。李雪莲没拿出自己的真身份证，递上去一个假的。也是为了躲避警察盘查，三年前，李雪莲花了二百块钱，在北京海淀一条胡同里，办了一个假身份证。身份证上的名字，取她名字中一个"雪"字，前边加一个"赵"字，叫"赵雪"，平反"昭雪"的意思；二十年告状，可不就为了平反昭雪吗？这假身份证制得跟真的一样，往年别的警察没有看出来，现在盘查李雪莲的警察也没看出来。警察将身份证还给李雪莲，问：

"到北京干什么去？"

李雪莲：

"看病。"

回答的跟二十年前一样。警察盯着她：

"去北京哪家医院？"

李雪莲：

"北京医院。"

回答的也跟二十年前一样。警察：

"看什么病？"

李雪莲：

"你摸摸我的头。"

警察愣了一下，便伸手摸李雪莲的额头；李雪莲虽然刚才出了一身冷汗，但脑门儿仍烫得跟火炭一样；警察的手忙缩了回去。警察：

"县政府的证明呢？"

李雪莲：

"大哥，我都病成这样了，哪儿还有工夫去开证明呀。"

警察：

"那不行，你得下车。"

李雪莲：

"我脑袋都犯迷糊了，下车死了，你负责呀？"

警察不耐烦地：

"两回事啊，有病先在地方医院看，等全国人代会开过，再去北京。"

说的也跟二十年前的警察说的一样。李雪莲将头歪到车窗上：

"我得的是肺气肿啊，一口气喘不上来，我就完了；这前不着村后不着店的，我不下车。"

警察便上来拉李雪莲：

"别胡搅蛮缠，没有证明，就得下车。"

两人撕拽起来。两人撕拽间，李雪莲身边坐着一个老头，突然站了起来；老头身穿旧军服，看上去干部模样；老头指着警察说：

"你要证明，她都病成这样了，不是证明吗？"

又说：

"她从上车就挨着我，一直跟个火炉似的；如她是你姐，你也这么不管她的死活吗？"

一句话说得李雪莲好生感动，也是多少天没听过体贴的话了，一个外地陌生老人的话，让她百感交集；也是想起一路上七八天的种种委屈；由七八天的委屈，想起二十年的种种委屈，不由大放悲声，哭了起来。见李雪莲哭了，警察也一愣，抖着手说：

"不是我不让她去北京，北京正在开全国人民代表大会呢。"

老头：

"开全国人民代表大会怎么了？人民就不能进北京看病了？她是不是人民？"

见李雪莲哭了，车上所有的乘客都怒了，纷纷站起来，加入指责警察的行列：

"什么东西。"

"还有没有人性？"

一个剃着板寸的青年喊：

"不行咱把这车给烧了！"

也是众怒难犯，警察一边慌着说：

"你以为我想这么做呀，这是上头的规定。"

一边也就下了车。

警察下车，客车便上路往大兴开。李雪莲谢过身边的老人，谢过大家，也就不再哭了。但李雪莲身子本来就弱，大哭一场后，就更弱了。没哭之前通身发烧，现在突然发冷；冷得牙齿打战，浑身也打战。为了进京告状，李雪莲强忍住没说。冷过一个时辰，突然又浑身发烧；这回烧是干烧，没出一滴汗。这样冷一阵热一阵，李雪莲突然昏迷过去，头一歪，倒在身边老头身上。

老头见李雪莲昏了过去，忙喊司机停车。司机过来查看李雪莲，见她昏迷不醒，又听她刚才对警察说她患的是肺气肿，便有些着慌。着慌不是着慌李雪莲得病，而是担心她一口气喘不上来，死在车上；一个人死在他车上，他也就跟着沾包了。还是老头又喊：

"还愣着干什么？快送她去医院呀。"

司机这才醒过神来，慌忙又开起车，从公路下道，拐到一条乡村柏油路上，加大油门，向前开去。十五公里外有一个乡镇叫牛头镇。牛头镇地处北京与河北的交界处，却属河北省。等于转了半天，又回到了河北。牛头镇西头，是镇卫生院。客车穿过镇上集市，冲向镇卫生院。

李雪莲在牛头镇卫生院昏迷四天，才醒了过来。待醒来，才知道自己躺在外地医院的病床上，胳膊上扎着针头，头顶上吊着药瓶。李雪莲告了二十年状，风里雨里，从无生过病。不但大病没生过，头痛脑热也很少。也是风里雨里，把她的身板摔打硬朗了。正因为如此，突然一病，二十年攒下的症候全部迸发出来。看她醒来，医生告诉她，她一开始得的是重伤风，又转成疟疾；并发症还有胃炎和肠炎；不知在哪里，吃了不干净的东西；她躺在床上不知道，已经拉了四天痢疾；同时还让李雪莲四天前在客车上说中了，并发症还有肺气肿。每个病症都和炎症连着，所以四天高烧不退。白血球高得吓人。连续四天，输液没有停过。镇卫生院本来药就不全，她算把卫生院的消炎药全都用遍了。李雪莲谢过医生，又着急起来。着急不是着急自己患了重病，而是看到床头墙上的日历，自己竟昏迷了四天。在她昏迷的过程中，全国人民代表大会也继续开了四天。算着日子，再有四天，大会就要闭幕了。如果她不及时赶到北京，告状就赶不上全国人民代表大会了。如果错过全国人民代表大会，告状的分量就轻多了。同样一个告状，离开全国人民代表大会，老虎就缩成了猫，告状就成了日常上访；从县里到市里，没有一个人害怕。待医生走后，李雪莲挣扎着下床。但在床上躺着还好些，脚一沾地，才知道自己身子仍很虚弱，天旋地转不说，两腿软得像面条，连步子都迈不开。步子都迈不开，如何走出医院，上路去告状呢？李雪莲蹲着喘了一阵气，只好又倒在床上。

说话两天又过去了。再有两天，全国人民代表大会就要闭幕了。李雪莲在病床上再也躺不住了。啥叫心急如焚？李雪莲过去不知道，现在算是知道了。心急不是心急有病起不得床，今年的状告不成了，而是如果她告不成状，从县里到市里的各级官员，不知该怎么开心呢；她让赵大头和官员们合伙骗了，包括让赵大头上了身，都成了白饶。她就真成了潘金莲。这么一想，更加心焦。她打定主意，一定要离开这里，就是爬，在全国人民代表大会闭幕之前，她也要爬到北京。她让同屋的病人，把医生喊了过来，说她要出院。医生是个瘦小的中年男人，满嘴龅牙，但经过几天接触，李雪莲发现他人不坏。听说李雪莲要出院，他比李雪莲还着急：

"你不想活了？身子虚成这个样子，咋能出院？"

李雪莲不好告诉他她还要到北京告状；告诉别的原因，又构不成出院的理由；只好说：

"我没钱呀。"

医生马上愣在那里。愣过，转身就出去了。一刻钟，这医生领着医院的院长，进了病房。院长是个中年妇女，胖，烫着卷发。院长问李雪莲：

"你有多少钱呀？"

李雪莲从床头拿过提包，拉开拉链，从衣服堆里找出钱包；打开钱包，掏出大票小票和钢镚儿数，一共五百一十六块八毛钱。院长马上急了：

"这哪儿成呢？你在这儿住了六天院，天天挂吊瓶，医院的好药,都让你用光了;医疗费,加上住院费,五千多块呢。"

李雪莲:

"要不我要出院呢。"

院长:

"没有钱,你更不能出院了。"

李雪莲:

"我不出院,不是得花更多的钱?"

院长也觉得李雪莲说的有道理,便说:

"赶紧让你的亲戚来送钱。"

李雪莲:

"俺老家离这儿三千多里,我的亲戚都是穷人,如果是送他钱,有人愿意来,让他送钱,送一趟钱,又搭进去好多路费,谁愿意来呢?"

院长:

"那咋办呢?"

李雪莲想了想,说:

"北京离这儿近,才二百多里;我有一个亲戚,在北京东高地农贸市场卖香油,你们派个人,跟我去北京拿钱吧。"

· 十三 ·

　　第二天一早，李雪莲坐着救护车，进了北京。救护车是河北牛头镇卫生院的，有些破旧，像患了肺气肿的老头，"吭哧""吭哧"，走一步喘三喘。救护车是用来救人的，但牛头镇卫生院用救护车送李雪莲进北京，却不是为了给她看病，或给她转院，而是为了跟她到北京东高地农贸市场拿钱。如果单为拿钱，卫生院也不会派救护车，而是卫生院早该进药了，本来准备明天去北京进药，有李雪莲医疗费的事，就提前了一天，也算一举两得。但李雪莲坐着救护车，和坐长途客车大不一样；救护车走了十几公里乡村柏油路，上了去北京的国道，开到河北与北京的交界处，这里又有十几个警察在盘查进京的车辆；如坐长途客车，李雪莲又得历一次险，现在坐着救护车，救护车虽然破旧，警察一边拦截其他车辆，让它们靠边接受检查，一边向救护车挥了挥手,直接就放行了。李雪莲乘着救护车,也就安全进了北京。

李雪莲进北京是为了告状。但在去大会堂告状之前,先得去东高地农贸市场。随李雪莲要账同时给卫生院进药的是个三十来岁的小伙子,听司机喊他的名字,他叫"安静";但他一点也不安静,一路上,都在埋怨卫生院和李雪莲:

"本来说明天进药呀,今天我还有事呢。"

又说:

"我早说过,看病就得先拿钱,不听;看看,给自个儿招来多大的麻烦。"

又说:

"人道主义是要实行,保不住有人想占便宜呀!"

李雪莲本想向他解释,住他们牛头镇卫生院,并不是有意的,当时她昏了过去,是被别人送来的;同时,住院住了这么几天,用了这么多药,也不是有意的,她连着昏迷了四天;再说,就算花了这么多钱,她也不是赖账不还,正带着他去东高地农贸市场找亲戚还账呢。一是因为身子太虚弱了,懒得与他啰唆;二是说不定一辈子就与他打这一回交道,犯不上与他制气;遇到明白人可以制气,遇到糊涂人,有道理也说不明白;也就张张嘴,又合上了,看着窗外,闷头不作声。

进北京一个小时,救护车开到了东高地农贸市场。李雪莲一个姨家的表弟叫乐小义,七年前从老家来到北京,在这里卖香油。李雪莲比乐小义大十二岁。乐小义三岁那年,他娘得了肝炎,一是他爹要带他娘出门看病,二是怕他娘把肝炎传染给乐小义,他爹便把乐小义送到了李雪莲家,一住就是三年。乐小义说话迟,三岁了,还说不出一个整句子。李雪莲的弟弟李英勇当时八岁,嫌弃乐小义,老背地里把乐小义当马骑。李雪莲护着乐小义,常将他背到肩上,带他到地里割草,给他捉蚂蚱玩。乐小义长大之后,便记下这情义。到北京卖香油之后,每次回老家,都去看李雪莲。李雪莲前几年到北京告状,还在乐小义的香油铺落过脚。乐小义管吃管住,无半句怨言。不但没有怨言,晚上扯起李雪莲的案子,虽然他摸不清这案子怎么就由芝麻变成了西瓜,由蚂蚁变成了大象,但马上站到李雪莲这头,替李雪莲抱不平。李雪莲便知这表弟仁义。现在遇到难处,便带人来找乐小义。李雪莲记得乐小义的香油铺在东高地农贸市场东北角,左边挨着一个卖驴板肠的,右边挨着一个卖活鸡杀活鸡的。待救护车停到农贸市场边上,李雪莲强撑着身子,带着牛头镇卫生院的安静穿过农贸市场,来到市场东北角,却发现乐小义的香油铺不见了。左边卖驴板肠的还在,右边卖活鸡杀活鸡的摊子也在;乐小义的香油铺,却换成了一个卖炒货的摊子。李雪莲慌了,忙问卖炒货的老头:

"过去在这里卖香油的乐小义呢?"

卖炒货的老头：

"不认识。我接手这地方的时候，是间空屋子。"

李雪莲又去问左边卖驴板肠的：

"大哥，你旁边卖香油的乐小义呢？"

卖驴板肠的：

"走了仨月了。"

李雪莲：

"知道他去哪儿了吗？"

卖驴板肠的：

"不知道。"

李雪莲又去问右边卖活鸡杀活鸡的，卖鸡的正在杀鸡，头也没抬，只是不耐烦地摇了摇头。李雪莲更慌了。不但李雪莲慌了，跟李雪莲来要账的牛头镇卫生院的安静也慌了。但他的慌和李雪莲的慌不同，李雪莲慌的是找不着人，安静以为李雪莲在骗他，一把揪住李雪莲：

"骗人呢吧？"

又说：

"我可没工夫跟你在这里瞎转磨，我还有好多事呢！"

李雪莲抖着手：

"上回来的时候，他明明在这儿呀，谁知这回就不见了。"

安静：

"说这些没用,还钱!"

又说:

"还不了钱,再把你拉回牛头镇去!"

李雪莲不由哭了。哭不是哭找不着乐小义,还不上人家钱;而是如果还不上账,再被安静拉回二百多里开外的牛头镇,就耽误她去大会堂告状了。全国人民代表大会,再有一天半就闭幕了。农贸市场许多买菜的,见一个小伙子揪住一个妇女在嚷,都过来围观。见李雪莲哭了,有人本欲上来劝解,又听出牵涉到钱的事,也就无人出头,只是个围观。正闹间,一个胖子,胸前裹着胶皮围裙,扛着半扇猪肉,掂把杀猪刀,一看就是个卖肉的,从这里路过;见众人在这里聚圈哄闹,便放下半扇猪肉,钻进人圈,问事情的缘由;问清缘由,又问清李雪莲是找过去在这里卖香油的摊主,忙拉着李雪莲,来到卖驴板肠的摊子面前:

"老季,过去在这里卖香油的那人搬哪儿去了?"

卖驴板肠的:

"不知道哇。"

卖肉的:

"摊子挨着摊子,他临走的时候,能不留句话?"

又指李雪莲:

"没看人家哭了?欠人钱,正遇着难处。"

卖驴板肠的梗着脖子：

"不知道。"

卖肉的：

"不给我面子是吧？"

用杀猪刀指着卖驴板肠的：

"你信不信，再敢嘴硬，我把你的摊子踢了！"

扬起脚，就要踢卖驴板肠的摊子。卖驴板肠的忙绕出摊子，抱住卖肉的：

"张大哥别急呀。这个卖香油的，三个月前和那卖活鸡的打过一架，听说搬到岳各庄了。"

又说：

"我可是听说啊。"

又白了李雪莲一眼，嘟囔道：

"哪有白问事儿的，也不买根板肠。"

岳各庄地处北京南郊，也是一个农贸市场。李雪莲知道了乐小义的下落，他并没有离开北京，心里才踏实下来。这时也知道自己大意了，不该白跟人问事儿。接着对卖肉的汉子千恩万谢。卖肉的摆摆手：

"我就见不得欺负穷人。"

扛起地上的半扇猪肉，转身去了。李雪莲突然发现，这人的背影，跟二十年前在老家拐弯镇集市上杀猪卖肉的老胡有些相像。当年为了让老胡帮她杀人,她和老胡还有一番牵涉。但老胡面上仗义,一听说让他杀人,马上就了。李雪莲不禁又感叹一声。

　　救护车离开东高地农贸市场,向岳各庄农贸市场开去。一个小时后,到了岳各庄农贸市场。救护车停在农贸市场边上,李雪莲和牛头镇卫生院的安静,进了岳各庄农贸市场,寻找乐小义。东高地农贸市场卖驴板肠的人只说乐小义搬到了岳各庄农贸市场,并没说乐小义的香油铺开在农贸市场哪个地方,两人只能一个摊位一个摊位挨着找。但从东头寻到西头,从南头寻到北头,没有找到乐小义。不但没寻到乐小义,连个香油铺都没寻到。过去乐小义在东高地农贸市场开香油铺,香油铺门前,总有两口大锅,一口将芝麻炒熟,接着用电动石磨炸出汁来,流到另一口大锅里;另一口大锅旁架一架电动机,带着两个铁葫芦,一上一下,在漂这油;标志很明显呀。再说,因是香油铺,二百米开外,就能闻到油香。李雪莲担心他们找得不仔细,又回头重找。但从北到南、从西到东又寻一遍,还是不见乐小义和香油铺。这时李雪莲又着了慌,担心乐小义从岳各庄农贸市场又搬走了,或乐小义根本没来岳各庄农贸市场,东高地农贸市场卖驴板肠的人在骗她。不管原因是什么,结果都一样,找不到乐小义。不但现在找不到,接着该怎么找,也不知道。不但李雪莲着慌,牛头镇卫生院的安静又急了:

"到底有谱没有哇,我可没工夫陪你找人!"

又抬腕看看表:

"说话都十二点了,我还得去进药呢。"

又说:

"咱干脆别找了,你还跟我回牛头镇吧;我把你交给院长,往后的事儿,你们说去。"

听安静这么说,李雪莲更加着急。一是着急找不到乐小义,耽误自个儿告状;又听安静说中午十二点了,全国人民代表大会明天就要闭幕,过一时少一时,时间也不等人呀。李雪莲下定决心,不管找到找不到乐小义,不管欠牛头镇卫生院的钱是否还得上,她都不能跟安静回牛头镇。可她一个快五十的妇女,大病刚过,迈几步出一身虚汗,身边是个生龙活虎的小伙子,她一时也逃不脱呀。正着急间,突然听人在身后喊:

"带鱼,舟山带鱼啊,清仓处理,十块五一斤!"

李雪莲觉得这声音有些熟。猛回头,见一个摊位前,站着一个穿橡胶皮靴、戴袖套、戴橡胶手套的人,正在用一柄大号螺丝刀,将一坨冰冻的带鱼一条条剔开;这人不是别人,正是李雪莲姨家表弟乐小义。终于找到了乐小义,李雪莲不由双腿一软。原来他真从东高地搬到了岳各庄,原来他到这里不磨香油了,开始卖带鱼。李雪莲站定脚步,喊了一声:

"小义。"

乐小义从带鱼上抬起头，打量喊他的人。打量半天，才认出是李雪莲。认出李雪莲，他先吃了一惊。吃惊不是吃惊李雪莲的到来——本来他在东高地，现在搬到岳各庄，李雪莲竟摸了过来——而是吃惊：

"姐，你咋瘦成一把骨头了？过去你没这么瘦呀，我都差点认不出你来了。"

李雪莲眼中涌出了泪，说：

"我病了。"

又说：

"你咋不卖香油，又卖带鱼了？"

乐小义：

"今年芝麻涨价了，卖香油不赚钱。"

接着拉李雪莲往墙角走：

"又是来告状的？"

李雪莲点点头。乐小义：

"我说呢，县法院的人来了十几趟了；前几天是三天来一趟，从昨天起，一天来两趟。"

李雪莲听乐小义这么说，又有些着急，担心她在这里停留过久，县法院的人又来找她，忙说：

"那我得离开这儿。"

转身就要走。但牛头镇卫生院的安静跑过来，一把拉住

李雪莲：

"别走哇，钱的事呢？"

李雪莲这才想起，她之所以来找乐小义，是欠着别人钱；便将她在牛头镇卫生院住院欠账的事，一五一十给乐小义说了；给过卫生院五百块，还差四千八。乐小义听后，倒没含糊，对牛头镇卫生院的安静说：

"我姐欠你们的钱，我来替她还。"

接着又有些为难：

"四千八，我身上没这么多呀。"

安静拦住李雪莲：

"那你就别想走。"

乐小义：

"你们等着，我到银行给你们取去。"

忙将带鱼摊交代给旁边卖猪大肠的商贩照看，摘下橡胶手套，褪下袖套，急急忙忙往农贸市场外走去。李雪莲只好和牛头镇卫生院的安静干等着。正是这个等，五分钟之后，王公道带着法院几个人到了。几个人看到李雪莲，惊喜的程度，像饿了三天的苍蝇见到了血。几个人不由分说，跑上来将李雪莲团团围住了。因李雪莲没有犯罪，他们也不能给李雪莲戴手铐。王公道虽然跑得喘气，但笑着与李雪莲说话：

"大表姐，找到你真不容易。"

李雪莲没顾上理王公道，转头埋怨牛头镇卫生院的安静：

"都是因为你，耽误了我的大事。"

安静也愣在那里。看到许多人又来找李雪莲，以为李雪莲也欠他们的钱；他顾不上李雪莲，转头对王公道说：

"咱有个先来后到，还了我的钱，再说你们的。"

因王公道等人穿着便服，他不知道这是些法院的人。还没等王公道说话，膀大腰圆的老侯，上去将安静推了个跟跄：

"一边待着去，谁欠你的钱，到法院告谁去；我们这是执行公务，懂吗？"

安静以为碰上了警察，眨巴眨巴眼，不敢再说话。他平日啰唆，碰到比他硬的主儿，他也就蔫了。王公道仍笑着对李雪莲说：

"大表姐，别告状了，跟我们回去吧。"

又说：

"知道乐小义是咱们家亲戚，你早晚会来。"

李雪莲梗着脖子：

"我说过不告状，你们不信；现在把我逼到这种地步，你们不让我告状，我就死在你们跟前。"

王公道转身向远处招招手。李雪莲这才发现，远处路边，停着一辆法院的警车；接着从警车里又下来几个人，向这里走来。李雪莲以为他们也是法院的人，等他们走近，发现这些人中间，还有一个不是法院的人，他竟是李雪莲和秦玉河的儿子秦有才。李雪莲看到秦有才，大吃一惊。秦有才六岁那年，李雪莲又怀了一个孩子；正是因为这个孩子，李雪莲和秦玉河才闹假离婚；大半年后，李雪莲生下一个女儿，谁知这时秦玉河变了心，假离婚成了真离婚；正是因为离婚的真假，李雪莲才告状；二十年来，这假的永远变不成假的，或真的永远变不成真的；后来跟滚雪球一样，一级级的官员都滚了进来，芝麻就变成了西瓜，蚂蚁就变成了大象。女儿从小跟李雪莲长大，长大之后，不跟李雪莲一条心；倒是这个儿子秦有才，一直跟秦玉河长大，长大之后，倒知道心疼娘。去年在县城街道碰上，他还悄悄塞给李雪莲二百块钱。李雪莲在北京见到秦有才，以为法院把秦有才当成了人质，逼她回去。接着又感到有些拧巴，虽然女儿不亲儿子亲，但女儿归李雪莲，秦有才归秦玉河，李雪莲在跟秦玉河打官司，为了不让李雪莲告状抓人质，也不该抓到秦有才头上呀？但又想，跟这些官员打了这么多年交道，他们哪回做事，又是按常理出牌呢？秦有才走上来，也先吃了一惊：

"妈，你咋变得这么瘦呀？"

李雪莲顾不上说瘦不瘦的事，问：

"有才，你让他们抓了？"

秦有才说：

"他们没抓我,我就是来告诉你一声,妈,这状别告了。"

李雪莲:

"你要是为了劝我这个,你就赶紧回去吧。也许往年劝我,我会听你的话,今年这状,和往年不同,我宁死也要告。"

秦有才:

"不是说不让你告,今年这状没法告了。"

李雪莲:

"为啥?"

秦有才突然哭了,抱着头蹲在地上:

"我爸死了。"

李雪莲愣在那里,一时没有明白过来。想了半天,才明白秦有才说的"我爸",就是秦玉河。听说秦玉河死了,李雪莲的脑袋,轰的一声炸了。炸了不是心疼秦玉河死了,而是没了秦玉河,李雪莲告状就没了缘由。秦玉河与李雪莲二十年前的假离婚,后来假的变成了真的,是整个告状的核;接着连带出她是不是潘金莲的事;接着又连带上许多官员;现在秦玉河死了,所有告状的链条不全都断了?皮之不存,毛将焉附?可今年的告状,和往年不同呀。往年是告秦玉河,捎带告些官员;今年却主要是告这些官员,告不告秦玉河倒在其次。但秦玉河一死,告状的链条断了,连同这些官员也无法告了。今年赵大头和官员勾结起来,不但骗了她的人,还骗了她的身,使她真的成了潘金莲;为了到北京告状,还差点死在路上;没想到终于到了北京,却是这样一个结果;连着折腾了十几天,不是白折腾了?不但官员无法告了,潘金莲也白当了。李雪莲一时转不过弯来,不禁愣愣地问:

"他咋就死了呢?他不没病没灾吗?"

秦有才站起来说:

"他是没病没灾,可他开车出了事。"

又说:

"出事都五天了。"

又说:

"那天晚上,他与我后娘吵架。一赌气,他又开车拉化肥去了。到了长江大桥,为躲一辆超车,一头撞到了桥墩上,接着连车带人,一头栽到了长江里。"

接着哭了:

"他也不想想自个儿的岁数,眼早花了,一生气,心又不在开车上。"

李雪莲这才明白,秦玉河真死了。他死的时候,她正躺在牛头镇卫生院昏迷呢。李雪莲明白之后,不禁大骂:

"秦玉河,你个龟孙,你害了我一辈子,临死时也要害我呀?你一声不吭死了,拉下我咋办呀?咱俩的事,还没说清呢。"

又骂:

"不光咱俩的事没说清,你个龟孙一死,剩下所有的事,都永远无法说清了!"

接着在众人之中,大放悲声。一哭开头,就刹不住车,哭得鼻涕眼泪,顺着脸往下流,也顾不上擦。她和秦玉河本是仇人,但亲人死了,哭得也没有这么伤心。

· 十四 ·

秦玉河死了五天了。死过两天,也无人在意,更无人把他的死和李雪莲的告状连在一起。还是三天前,县长郑重无意中碰到秦玉河死这件事,接着发现了它与李雪莲告状这件事之间的联系。这天郑重从市里开会回来,路过县化肥厂门口。化肥厂地处县城西关,由市里到县城的公路,从化肥厂门口经过。郑重从车里看到,化肥厂大门口,聚了一群人;大门正中,摆放着一个花圈;一个中年妇女,穿着一身孝衣,带一孩子,也一身孝衣,两人跪在花圈前;中年妇女手举一块纸牌,纸牌上写着几个大字:

秦玉河,你死得冤

郑重一开始对"秦玉河"三个字并无在意,只看出化肥厂门口有人聚众闹事;郑重不知闹些什么,对司机说:

"停车。"

司机忙将车停在公路一侧。郑重又对坐在前排副座上的秘书说：

"去问一下，到底是咋回事，这里是县城的西大门，公路旁边，人来车往，多难看呀。"

秘书忙跳下车去了。五分钟之后，跑回来告诉郑重，化肥厂一个司机出了车祸，为抚恤金的数目，家属跟厂里闹了起来。郑重明白，这种情况，属企业内部的事；作为县长，不能插手；上级一插手，闹事的人劲头就更大了；不管不问，大家闹上十天半个月，双方各自让让步，事情也就解决了。这类纠纷，只能冷处理，无法热处理。郑重没有在意，让司机开车。车穿过县城街道，进了县政府大门，郑重突然想起什么：

"秦玉河，这个名字怎么这么熟啊？"

秘书一时也想不起秦玉河是谁，忙用手机给化肥厂的厂长打电话询问。待郑重下车，进了办公室，秘书跟进来说：

"问清楚了，死的秦玉河，就是那个'小白菜'的前夫呀。"

郑重听说秦玉河是李雪莲的前夫，一开始也没在意；待坐到办公桌后，突然一愣，才将秦玉河的死与李雪莲告状的事连到了一起。待连到一起，不禁有些激动，拍着桌子说：

"这事不一般呀。"

秘书一愣:

"咋不一般,不就是个车祸吗?"

郑重:

"出在别人身上是车祸,出在李雪莲前夫身上,就不仅是车祸了。"

忙又说:

"李雪莲告状的起因,就是她与她前夫的婚姻;现在她前夫死了,她还告哪门子状啊?人都死了,婚姻也就自然解除了。"

又说:

"婚姻解除了,她就是想告,也没缘由了呀。"

秘书也突然理解了:

"那么说,这车祸出得好。"

郑重顾不上论这车祸的好坏,忙抓起电话,给在北京抓李雪莲的法院院长王公道打电话。待把秦玉河出车祸的事说了,王公道也愣在那里。但他到底是法院院长,接着马上明白了:

"这是件好事呀,秦玉河一死,李雪莲的案子就没案由了;案由没了,这告状就不成立了。"

接着兴奋地说:

"郑县长,那我们撤了吧。"

谁知郑重没跟他兴奋，反倒急了：

"我说的不是这个意思，我的意思是，越是这样，越要尽快找到李雪莲。"

王公道一愣：

"既然案子不成立了，还找她干什么，不成徒劳一场了吗？"

郑重：

"秦玉河刚死，李雪莲在北京未必知道，怕她还去闯人民大会堂呀。"

王公道：

"这案子不成立，她闯大会堂就成了无理取闹，咱也不怕呀。"

郑重：

"你算糊涂到家了，越是这样，越不能让她闯。她要闯了，上边追究的，往往不是告状的起因，而是闯了大会堂，酿成了政治事故。如果她告状成立，我们被追究倒情有可原；现在告状不成立了，我们又被追究了，不是更冤了？"

王公道这才明白郑重的意思。但他带着法院十几个人在北京找了十来天，北京的大街小巷、地上地下都找遍了，也没找见李雪莲；不但没找见李雪莲，连她的线索，一丝也没摸到。北京这么大，找一个人是容易的？但郑重不管找人容易不容易，严肃地说：

"赶紧找到她，告诉她前夫死了，这事才算结束。"

王公道这时又犯愁：

"就算找到她，你说秦玉河死了，她也未必信呀，以为是诈她呢。"

郑重也觉得这话有道理，这才想出将李雪莲和秦玉河的儿子秦有才送到北京的主意。别人说秦玉河死了，李雪莲未必信；儿子说他爹死了，李雪莲该信了吧？给王公道打完电话，郑重又给在北京的县公安局长打了一个电话。公安局长带着几十名警察，在大会堂四周，北京警力撒的网之外，又撒了一层网。这网也已经撒了十来天了，也同样一无所获。郑重在电话里，除了将秦玉河已经死了的消息通报给他，也像要求王公道一样，严厉要求公安局长，在全国人民代表大会召开的最后几天，拉紧这网，不能让李雪莲冲击大会堂。这时让她冲进大会堂，我们跟着受处理，更受了不白之冤。同时告诫公安局长，越到后面，大家越容易麻痹；但出事往往就在这个时候；半个月前，李雪莲从村里跑出去，就是公安系统的人麻痹大意造成的；但那是在村里，现在是在北京，性质完全不同，再不能麻痹大意了。公安局长也在电话里唯唯连声。

为了赶时间，李雪莲和秦玉河的儿子秦有才，是法院用警车连夜送到北京的。王公道见到秦有才没说什么，但送秦有才来北京的法院一个副院长，告诉王公道一件事：原来在王公道率领法院十几个人在北京追寻李雪莲的同时，县长郑重又派公安局长带了几十名警察也赶到北京，也在追寻李雪莲；前几天法院系统的人不知道，这些天见公安局好些人不见了，信儿才慢慢透了出来。王公道听后大吃一惊，一方面觉得县长郑重不是东西，同时往北京派两股人，事先不让他知道，明摆着是不信任法院系统的人，也不信任王公道；同时也感到宽慰，万一没抓到李雪莲，李雪莲闯了大会堂，责任就不是法院系统一方的，公安系统的人，也得承担一半责任。公安局派的人多，法院派的人少，公安局承担的责任该占大头才是。公安局几十个人，在北京的吃喝拉撒，花费可比法院系统多出好几倍。虽然县长郑重把秦有才送来了，但王公道对寻找到李雪莲，并没抱多大信心。同时，再有三天，全国人民代表大会就要闭幕了；哪怕寻不到李雪莲，只要李雪莲三天不出事，大家也能平安过关。但他没把这心思告诉他的部下，仍像郑重严厉要求他一样，他也严厉要求十几名部下；十多天前他带来十四个人；八天前有两人生病了，现在也好了；加上又来了一个副院长，一个司机，连同王公道，共十七个人，也算兵强马壮；郑重严厉要求大家，一定要在全国人民代表大会闭幕之前，找到李雪莲；如果李雪莲在这三天出了事，他一定不会手软；在他被撤职之前，全把他们开除公职。虽然他也就是这么说说，但他的部下见他声色俱厉，反倒当了真。大家搜寻起李雪莲，比过去十多天更卖力了。大家也是想着再有三天，事情就结束了，别在最后关头再出纰漏；十多天没出事，最后关头出了事；驴没偷着，拔驴桩出了事；责任追究下来，反倒更冤了。王公道没指望能找到李雪莲，但因为大家更加卖力，该去的地方，本来三天去一趟，现在改成了一天去两趟，没想到两天之后，就在岳各庄农贸市场，把李雪莲找到了。严格说起来，这也不能叫找到，无非大家和李雪莲，阴差阳错，在岳各庄巧遇了。或者，这个巧遇，和王公道等人与李雪莲无关，应该感谢牛头镇卫生院的小伙子安静。不是牛头镇卫生院的安静逼债和啰唆，大家还碰不到一起。不管因为什么原因，能找到李雪莲，王公道还是一阵高兴；心里的一块石头，终于落地了。虽然县长郑重不是东西，在把法院系统的人派往北京的同时，又背着他派了公安局几十个人；但现在是他找到了李雪莲，也算立了个头功；他找到了李雪莲，不等于公安局几十个人白忙活了？几十个人，十几天，在北京的吃喝拉撒算谁的？李雪莲在岳各庄农贸市场悲痛欲绝的时候，王公道背过身去，给县长郑重拨了个电话，告诉他李雪莲已经抓到了：

"郑县长，李雪莲终于被我们找到了，整整熬了十几天啊。"

又说：

"已经把秦玉河出车祸的事告诉她了。你听，正哭呢。"

又说：

"她知道这消息之后，也就无状可告了，再也不会闯人民大会堂了。"

县长郑重听说李雪莲终于被找到了，心里一块石头，也终于落地了。但他的落地与王公道的落地不同，王公道只是就事论事，在北京找到了李雪莲，立了大功，可以马上打道回府了；郑重高兴的是，这回找到李雪莲，和往年找到李雪莲不同；如今秦玉河死了，不但这回李雪莲不会在北京出事，今后也永远不会出事了；历年出事的根儿，被秦玉河自个儿给刨倒了。李雪莲告状告了二十年，雪球越滚越大，事情由芝麻变成了西瓜，由蚂蚁变成了大象；李雪莲成了当代的"小白菜"，成了名人；现在，这棵白菜终于烂到了锅里。更妙的是，这白菜不是被别人炖烂的，是被他们自个儿炖烂的；驴桩不是被别人刨倒的，是被他们自己刨倒的；现在芝麻和蚂蚁没了，西瓜和大象也就跟着解脱了。从来没有因为一个人的死，给别人带来这么大的解脱；从来没有因为一个人的死，给别人带来这么大的快乐。正因为解脱和快乐了，对法院院长王公道过去的失误和犯下的错误，郑重也一概既往不咎了。郑重在电话里对王公道说：

"告诉大家，大家辛苦了，等你们回到县上，我请大家喝庆功酒。"

王公道看县长郑重高兴了，也知道过去和县长积下的纠葛和不快，顷刻间烟消云散了，也欢天喜地地说：

"我替大家谢谢郑县长。待李雪莲哭过，我们就拉她往县里赶。"

郑重挂上电话，又拿起，开始给市长马文彬打电话。事情终于解脱了，他得马上向市长马文彬汇报。他向马文彬汇报，不同于王公道向他汇报。王公道向他汇报，不过是为了抢功；郑重向马文彬汇报，主要不是为了抢功，而是让马文彬像他和王公道一样，早一点把心里的石头落地；落地不单为了让马文彬在这件事上也早一点解脱，而是马文彬因为李雪莲的事，对郑重说过"有些失望"的话；马文彬对谁一失望，谁的政治生命就走背字了；郑重想早一点将这个"有些失望"挽救回来，从"有些失望"这件事解脱出来。李雪莲从山东逃跑那回，郑重没敢给马文彬打电话，给市政府秘书长打电话，求秘书长瞒过马文彬；现在事情彻底结束了，也该早一点向马文彬报喜；坏事不敢给马文彬打电话，这回是喜事，郑重便越过秘书长，直接给马文彬打电话。马文彬仍在北京开全国人民代表大会；全国人民代表大会，明天就结束了。拨通电话，郑重一口气将李雪莲前夫秦玉河出车祸的前前后后，说了个清楚；说清楚不是为了说李雪莲今年不会再出事，而是为了说李雪莲永远不会出事了；因为告状的芝麻和蚂蚁没了，西瓜和大象也就永远解脱了。其实上回李雪莲从山东逃跑，当天晚上，马文彬就知道了。这么大的事，秘书长哪里敢瞒他？但他没有马上打电话责备郑重。责备没用，也就不责备了。但他已经对郑重"彻底失望"了。只是交代秘书长，严厉督促郑重，让他们早一点抓住李雪莲。真要抓不住，因为李雪莲出了事，那也是天塌砸大家。天要下雨，娘要嫁人，是挡也挡不住的事。这时马文彬感叹，从政，也是个高风险的行业呀。大家只见贼吃肉，没见贼挨打罢了。但他没有想到，李雪莲的案子，会以芝麻和蚂蚁的突然消失而结束。听了郑重的汇报，他心里的一块石头，也跟着落了地。但他没像郑重那么激动和高兴，而是说：

"这是场意外呀。"

郑重以为马文彬在说秦玉河出车祸的事，忙说：

"可不，秦玉河那辆车，一头扎到了长江里。"

谁知马文彬说：

"我说的不是这个，是说这件事情的解决，不是我们主动努力的结果,而是靠一场意外事故画上了句号,事情是以不解决而解决的;这种局面的出现,是个意外。"

郑重愣在那里。马文彬越说越严肃:

"李雪莲的事情虽然解决了,但我们的思维方式,并没有改变;我们的领导能力,也没有提高;我们驾驭和引导事情的水平,还是那样一个水平。老郑啊,还是那三个成语,'千里之堤,溃于蚁穴',你刚才不还说到蚂蚁吗?还有'防微杜渐'和'因小失大'。李雪莲的事,今年折腾了几个来回;也不是光今年折腾了,整整折腾了二十年;问题出在哪里?如果出在大的方面,我就不说了,还是像其他任何事情一样,还是我说过的那句老话,往往出在'小'的方面,出现在细节。老郑啊,我劝你,还是不能掉以轻心,不要以为李雪莲的事情结束了,事情就真的结束了,还是要从李雪莲这件事情上,汲取深刻的教训。不然走了一个李雪莲,还会出现一个王雪莲!"

汇报的结果竟是这样,又是郑重没想到的。一个报喜的电话,却召来马文彬一顿训斥;郑重浑身上下,又出了一层冷汗。但他马上说:

"请马市长放心,我们一定从李雪莲这件事上汲取教训,我们一定从'小'处入手,从细部入手,把工作做得更深入和更扎实,我们一定'防微杜渐',决不能'因小失大',

让它'千里之堤，溃于蚁穴'！"

马文彬又说：

"还有，那个妇女虽然告状不成立了，但也要马上把她弄回县里，人代会还有一天，防止她狗急跳墙，在北京又节外生枝，这也是一个细节。"

郑重：

"请马市长放心，那个妇女，已经跟法院的人在一起，我马上让他们往县里赶。"

十五

马文彬在电话里让郑重把李雪莲弄回县里，郑重在电话里让王公道把李雪莲弄回县里，但王公道没有把李雪莲弄回县里。没有弄回县里并不是王公道等人不想弄，或李雪莲宁死不回去，无理还要取闹，而是李雪莲在岳各庄农贸市场大放悲声时，哭着哭着，突然又昏倒了。也是李雪莲大病刚过，从河北牛头镇折腾到北京，身子已经很虚弱了；一直被人逼债，又怕耽误了告状，本来就心焦，突然又听说秦玉河死了，十几天的折腾白折腾了；还不光今年的十几天白折腾了，连同二十年的折腾都白折腾了；件件都是窝心事，一件比一件大；哭着哭着，一头栽倒在地上。王公道等人愣了。李雪莲和秦玉河的儿子秦有才忙将李雪莲抱起来。这时乐小义也从银行取钱回来了。大家七手八脚，将李雪莲抬到岳各庄农贸市场后身，乐小义租住的一间民房里。李雪莲躺在床上，昏迷不醒不说，又开始发起高烧。一个昏迷不醒发高烧的人，明显不适合长途跋涉。当然，李雪莲昏迷了，可以任人摆布，如想拉她走，她也不知道；但王公道却不敢这么做。他怕李雪莲连病带受刺激，死在路上。前边死了个秦玉河，接着再死一个李雪莲；死秦玉河是好事，李雪莲万一死在路上，事情又大了。秦玉河出的是车祸，死在了他自己手里；李雪莲万一死在路上，罪魁祸首可就是王公道了。王公道左右为难，又给郑重打了个电话。郑重也不敢做主将病重的李雪莲往回拉，沉吟半天：

"这事儿还麻烦了。"

又沉吟半天，说：

"要不这样吧，人代会再有一天就结束了，既然人弄不回来，就派人寸步不离地看着她；等人代会彻底结束，你们再撤。"

事到如今，也只好这么办了。王公道忙将法院十七个人全部集合到岳各庄，开始排班。三人一组，一组四个小时，轮流在乐小义的民房前溜达，看守李雪莲。每组看守的人，半个小时进屋一次，查看李雪莲的动静。王公道和副院长，轮流带班，也是四个小时一替换；不过他们带班时，可以坐在房外的警车里休息。令大家庆幸的是，从中午到晚上，从晚上到第二天清早，从清早到中午，李雪莲一直昏迷不醒。第二天中午十一点半，农贸市场对面商务大楼墙壁的屏幕播出，全国人民代表大会终于闭幕了。新的一届政府产生了。会场上响起雷鸣般的掌声。王公道等人也一阵欢呼。大家忙活十几天，终于有了一个圆满的结局；从上到下，终于从这件事上解脱了；不光从今年解脱了，从过去的二十年也解脱了；不但从过去解脱了，今后也永远从李雪莲这件事上解脱了。法院十七个人，在王公道的带领下，从岳各庄农贸市场，开始打道回府。秦有才见他妈李雪莲还在昏迷，与王公道商量后，便留了下来。

李雪莲在乐小义的小屋里一直昏迷着。照李雪莲的病情，应该把她送到医院；但乐小义刚替李雪莲还过欠牛头镇卫生院的钱，手头再无剩余的钱；秦有才身上也无多余的钱；两人无钱送李雪莲住院，乐小义只好将社区卫生室一个医生叫到他小屋里，给李雪莲打点滴。打了两天点滴，李雪莲还没有醒来。这时秦有才坐不住了，因为秦玉河在老家的丧事，还等着他回去张罗呢。秦有才与乐小义商量后，也起程回了老家。

李雪莲又昏迷两天，终于醒了过来。醒来，却不知身在何处；直到看到乐小义，又打量四周，才知道自己躺在乐小义的小屋里。渐渐，昏迷前的种种事情，一丝一缕，重新回到她的脑子。虽然一切回来了，一切又恍若隔世。乐小义见李雪莲醒来，一阵惊喜；忙从锅里盛了一碗小米粥，让李雪莲喝：

"姐，你把我吓死了。"

李雪莲强挣扎着说：

"小义，我又给你添麻烦了。"

乐小义还是过去的乐小义，没显出半点不耐烦：

"姐，你说哪儿去了，人命，不比啥事儿大？"

李雪莲有些感动，说：

"小义，我欠你的钱你不要怕，我家里还有房子，把房子卖了，够还你。"

乐小义：

"姐，你说哪儿去了。"

李雪莲眼中涌出了泪。乐小义知道李雪莲告状的前前后后，也知道如今让她左右为难的结局；正因为知道李雪莲的尴尬，又劝李雪莲：

"姐，等你病好了，你要一时不想回老家，就跟我在这儿卖带鱼吧。"

李雪莲眼中不禁又涌出了泪：

"小义。"

又三天过去，李雪莲高烧终于退了，能起床了。又过了三天，李雪莲能行走了，能帮乐小义做饭了。看李雪莲能自理了，乐小义也就放心去前边农贸市场卖带鱼。

这天清早，两人吃过早饭，乐小义又去农贸市场卖带鱼。李雪莲刷过碗盆，马上接着做中饭。中饭做好，将做好的饭菜盛到碗里，又用两个饭盆分别扣到桌子上。然后坐在桌边，写了一张纸条：

小义，谢谢你，我走了。咋还你钱，我已经说过了，就不说了。

然后提上自己的提包出了门。出门并不是为了回老家，而是想找一个地方寻死。寻死的方式也想好了，就是上吊。上吊不是因为秦玉河死了，告状的缘由没了，今后无法再告状了，这冤永远无法洗清了；而是因为秦玉河的死，李雪莲的告状成了笑话。因为李雪莲的告状，已不是原来的告状，二十年来，芝麻已经变成了西瓜，蚂蚁已经变成了大象，现在芝麻和蚂蚁突然消失了，告状的链条断了，使你无法告状了，这链条的断法，成了笑话，捎带着整个告状也成了笑话。不但今年的告状成了笑话，二十年来的告状都成了笑话。不但告状成了笑话，告状的人也成了笑话。芝麻自个儿飞走了，蚂蚁把自个儿的窝儿给毁了。何况，今年又与往年的告状不同，今年不但被人骗了人，还被人骗了身；这个骗身，传得全天下人都知道了，李雪莲真的成了潘金莲，这样的结局，也同样成了笑话。告状告不赢只是个冤，告状告成了笑话，就不是冤的事了，就成了羞。只是个冤，还能活得下去；天天蒙着羞，就让人无法活了。俗话说得好，"羞于活在人世"，就是李雪莲现在的心情。还有，既然不想活了，既然想上吊，去哪里上吊，也让李雪莲为难。

按李雪莲的想法，她想把自己吊死在仇人门前，吊死在赵大头家门前，吊死在县法院门前，吊死在县政府门前，吊死在市政府门前，临死也给他们添回堵；但因为她告状成了笑话，现在吊死在人家门前，就显得理由不足；非要这么做，同样也会成为笑话。不但活着成为笑话，想死在哪里也会成为笑话，李雪莲就死无葬身之地了。连这个死无葬身之地，说出去也会成为笑话。说别人死无葬身之地，是说这人可恨，或者是说他穷；李雪莲死无葬身之地，竟是因为羞和笑话。

离开岳各庄，李雪莲边走边想，并没有往城里走，开始往郊区去。正因为死无葬身之地，李雪莲也就解放了，想随便找个地方，随便一死了事。一直走到中午，来到一山坡上。这山坡密密麻麻种满了桃树。二十多天只顾告状和昏迷，没留意外边的景色。没想到二十多天过去，初春之中，桃花竟开了。一山坡的桃花，正开得灿烂。李雪莲走进桃花林，发现山窝里有一个窝棚。窝棚敞着门，里面有铺盖卷和锅碗瓢盆，地上还扔着些修剪树枝的锯子、剪子、梯子等工具，揣想是修剪桃树的人，住在这里。春天了，桃树也该剪枝了。李雪莲爬过山坡，又往下走；前山坡向阳，桃花开得更火红了。李雪莲来到桃花深处，看这里景色不错，心想：

"就这儿吧。"

看着满山的桃花又想：

"说是随便找个地方,谁知也不随便。"

拉开自个儿提包的拉链,从里边掏出一根准备好的绳子。左右打量,选了一棵高大粗壮的桃树,往树杈上扔绳子。绳子搭在树杈上,也扫下一地桃花。盘好绳套,又搬过一块石头;人站到石头上,将脖子套在绳套里,将脚下的石头一踢,人就吊在了树上。

但还没等李雪莲喘气,她的双腿,早已被一人抱住。那人边往上举李雪莲的身子,边喘气,边对李雪莲发火:

"大姐,咱俩没仇哇,你不该这么害我!"

接着硬是把李雪莲卸了下来。这人是个中年男人:

"看你半天了,以为你来偷窝棚的东西呢,谁知你寻死来了。"

李雪莲有些不解:

"我死我的,碍着你啥了?"

中年男人又急了:

"你说得轻巧,这块桃林,是我承包的。一到秋天,桃儿哪里还值钱,主要靠城里的人来采摘,没看到山坡下有'采摘园'的牌子吗?大家要知道这里吊死过人,谁还会来呢?"

李雪莲听明白了他的意思,同时也哭笑不得,自己真是死无葬身之地了。李雪莲愣愣地问:

"那我该去哪儿呢?"

那人也愣愣地看李雪莲：

"真想死呀？"

李雪莲：

"人要想死，谁也拦不住。"

那人：

"因为啥呢？"

李雪莲：

"这事儿一句两句说不清楚。要能说清楚，我也就不死了。"

那人指指对面的山坡：

"你要真想死，也帮我做件好事，去对面山坡上，那里也是桃林，花也都开着，那是老曹承包的，他跟我是对头。"

又补充：

"俗话说得好，别在一棵树上吊死，换棵树，耽误不了你多大工夫。"

听到这话，李雪莲倒"噗嗤"笑了。

第三章

正文:
玩　呢

· 一 ·

××省有一个××县。××县城西街,有一家出名的饭铺叫"又一村"。该店出名,是因为店里的一道菜,叫"连骨熟肉"。"又一村"除了卖"连骨熟肉",也卖杂碎汤、烧饼、凉菜、各种酒类等。杂碎汤、烧饼、凉菜等与别人家大体相似,独"连骨熟肉",做得与众不同。别人家的肉在大锅里煮,煮到肉烂,一般会骨肉分离;"又一村"的肉煮透,也不离骨。滋味不但入到肉里,也入到骨头里。吃过肉,剩下骨头,敲骨吸髓,滋味也丝毫不减。单说滋味,也与众不同,咸里透香,香里透甜,甜里透辣,辣里又透爽和滑。凡是到该县去的人,大吃,就去"太平洋海鲜城";小吃,就去县城西街"又一村"吃"连骨熟肉"。地道的吃法,是现买现吃;肉刚从锅里捞出来,扯肉烫手;就着烫肉喝酒,本来你能喝二两,现在你能喝半斤。

"又一村"一天煮两锅肉。中午出一锅，傍晚出一锅。大家惦着这肉，吃饭得在店前排队。按"又一村"的规矩，在店里吃饭才能买肉；不吃饭单买肉，得看吃饭者买过，能否剩下来。就算吃饭买肉，也不一定买得到，得看今天客人的多少，你排队是否靠前。外来的人常问：店家，肉卖得这么好，何不多煮几锅？店主老史说，不能累着自己。

· 二 ·

老史今年六十岁了。卖肉之余,爱搓麻将。饭铺一天煮两锅肉,也有搓麻将的时间。但卖肉不能累着,搓麻将也不能累着,一个礼拜,老史只搓一回麻将。时间是固定的,周四,下午三点开始,搓到夜里十一点,八个钟头。牌友也是固定的,开酒厂的老布,批发烟酒的老王,开澡堂的老解。长年累月,时光换,人头不换,到头来算账,输赢相抵,各自输赢也差不多;就是在一起消磨个时光。

四人搓麻将就在"又一村"。周四下午,老史让饭店专门腾出一间包房;下午,让饭铺额外多炖出一脸盆"连骨熟肉",备四人晚饭时吃。吃饭时也喝酒。酒是开酒厂的老布带来的,叫"一马平川"。吃过"连骨熟肉",喝过"一马平川",接着搓麻将。

· 三 ·

周五这天,老史接到一个电话,他有一个姨妈,在东北辽阳去世了;姨妈的儿子也就是老史的表弟,让老史去奔丧。老史问表弟,姨妈临走时留下啥话没有;表弟说,半夜,心肌梗死,清晨发现,身子已经凉了,一句话也没留下。老史感叹之余,决定去东北辽阳奔丧。决定去奔丧并不是姨妈一句话没留下,姨妈要走了,最后再看她一眼,而是老史想起自己小时候。老史小的时候,姨夫在东北辽阳当兵,姨妈去随军,在辽阳当纺织女工,一晃五年没回来。老史八岁那年,姨夫和姨妈回来了,来老史家看老史的爹娘。老史他爹见小,看姨夫和姨妈在外面工作,便张口向他们借钱;姨夫还没说话,姨妈一口回绝;接着说:

"姐夫,不是不借给你,咱家的穷亲戚太多了,借给你一个人，把所有人都得罪了；借给所有人，我也该卖裤子了。"

但吃晚饭的时候，姨妈把老史拉在身边，背着老史的爹娘，悄悄塞给老史两块钱。姨妈：

"你生下来的时候，我是第一个抱你的人，就是用这双手。"

当时的两块钱，相当于现在的一百块钱；那时人的工资，也就几十块钱。这两块钱，老史一直没花，从小学二年级，放到小学六年级。从小学二年级到小学六年级，老史过得特别有底。到了小学六年级，老史看上一个女同学，才从两块钱里辟出两毛钱，买了一个花手绢送给她。老史至今还记得，手绢上印着两只蝴蝶，在花丛上飞。

从××县到东北辽阳有两千多公里。老史从老家辗转到辽阳，表弟接着，吊唁姨妈，诉说往事，都不在话下。待丧事办完，从辽阳回来，在北京转车，老史发现，不知不觉，已经到了年关。因为北京火车站人山人海，天南地北的人，都要回家过年。不留意是在平时，不留意间，一年又过去了。老史排了四个小时队，没有买到回老家的火车票。不但这天的票没有了，往后三天的票都没有了。因为这天是腊月二十七，大家都急着回去过年；离年关越近，大家越急着赶回去。老史这时感叹，姨妈死的不是时候。接着便想在车站附近找个小旅馆住下，干脆等过了年，大年初一再往回走；年前大家都赶着走光了，大年初一的火车,说不定就是空的;又想,平日在家都不着急,何必一个人在北京着急呢?何必被一个年关绊住腿脚呢?便离开火车站,信步往南,发现路东一条小巷里,有几家旅馆;巷里人来人往,口音天南地北,都是提着大包小包的旅客;老史拐进小巷,欲上前打问旅馆的价格,手机响了。老史接起,是老家开酒厂的老布打来的。老布在电话里说,今天晚上,想从"又一村"端走一盆"连骨熟肉";老布的亲家,到老布家串亲来了,亲家指名道姓,要吃"连骨熟肉"。老史看了看表,已是下午六点;如是别的事,哪怕是借钱,老史都能一口答应,唯独"连骨熟肉"的事,老史不敢做主;因为这是"又一村"的规矩,门前有顾客排队,不能私自从后门端肉;现在是下午六点,正是排队的时候。老史踌躇间,老布:

"亲家不比别人,我现在就去'又一村'找你。"

老史:

"你现在来'又一村',也找不到我。"

老布:

"为啥?"

老史:

"我人在北京。"

一听老史在北京,老布马上急了:

"这事儿大了。"

老史：

"不就一口肉嘛？不吃你亲家会死呀？"

老布：

"我说的不是肉的事，今天是礼拜三，明天，是咱牌局的日子呀。"

老史也恍然大悟，今天原来是礼拜三；周四下午三点，是老家四个朋友，固定搓麻将的时间。老史：

"买不上车票，回不去了。这个礼拜空一回吧。"

老布：

"空不得。一空，事儿更大了。"

老史：

"不就搓个麻将嘛，不搓麻将会死？"

老布：

"我不会死，老解会死。"

老史：

"啥意思？"

老布：

"老解这个月一直脑仁疼，前天去医院一检查，检查出来个脑瘤，过了年就要开刀；是良性是恶性，现在还不知道；如是良性还好说，如是恶性，老解就麻烦了。我怕呀，这是老解大难之前，最后一回搓麻将了。"

说完，老布挂了电话，连一开始说的"连骨熟肉"的事，也给忘了。老史挂上手机，也觉得事情大了。老布说的"老解"，也是老史四个固定的牌友之一，在县城南街，开了个洗澡堂子。平日打牌，老解牌品最差。赢了牌，得意忘形，嘴里吹口哨、唱戏；输了牌，摔牌，吐唾沫，嘴里不干不净，骂骂咧咧。但去年冬天的一天，老史彻底认识了老解。那天傍晚，老史与老伴怄气，晚饭时多喝了几口酒；谁知越喝越气，越气越喝；一顿饭没吃完，喝得酩酊大醉。醉后，不愿在家待着，趔趔趄趄，走出家门。老伴正与他怄气，也没拦他。出得家门，才知天上下起了鹅毛大雪。看着漫天的大雪，老史不知道往何处去。摇摇晃晃，从县城西街晃到南街，看到了老解的洗澡堂子。待进了洗澡堂子，一头扎到地上，就啥也不知道了。第二天一早醒来，见自个儿在澡堂的铺头上躺着，旁边坐着老解；铺头前，还围着两个澡堂搓背的，肩上搭着毛巾把。接着发现，自个儿胳膊上扎着针管，头顶上吊着药瓶。老史用另一只手指指药瓶：

"啥意思？"

铺头前一个搓背的说：

"昨天看你人事不省，我们老板怕你出事，赶紧把医生叫来了。"

老史：

"喝口酒，能出啥事？"

另一个搓背的说：

"医生说，亏把他叫来了，你当时心跳一百多，再晚一会儿，说不定就过去了。"

老史还嘴硬：

"过去就过去，人生自古谁无死呀。"

老解在旁边摇头：

"那不行，你要死了，我们到哪儿搓麻将啊。"

老史当时心头一热。心头一热不是说老解救了他，而是关键时候，看出了一个人的品质。现在听说老解得了脑瘤，生死未卜，这场麻将，有可能是老解大难之前，最后一场麻将了，老史也觉得事情大了，也觉得自己必须赶回去。而且，必须在明天下午三点之前赶回去，才能不耽误正常的牌局。但车票已经没了，如何能坐上火车呢？老史从小巷又返回车站，到退票处去等退票。但年关大家都要回家，票还买不着，哪里会有退票的？老史去求车站的值班主任，说家里有重病号，看能否照顾一张车票。值班主任同情地看着老史，说像老史这种情况，他今天遇到三十多起了；但火车上座位就那么多，车票已经卖出去了，哪里能再找出座位呢？没票就是没票。老史又想在车站广场找黄牛买高价票，但年关头上，车站里里外外都是警察，一个黄牛也找不到。着急间，车站广场亮起了华灯，一天又过去了。也是急中生智，老史突然想出一个办法。他从提包里掏

出一张纸,又掏出笔,在纸上描画出几个字:

  我要申冤

接着把这张纸举到了头顶。

没等一分钟,四个警察冲上来,把老史当上访者捺到了地上。

· 四 ·

负责把上访者老史遣送回老家的，是北京两个协警，一个叫老张，一个叫老李。所谓协警，就是警察的帮手；不是警察，干着警察的事。火车上人山人海，已经没有座位；但把上访者送回老家，又不受人山人海的限制。越是年关，越不能让人上访。列车长在列车员休息车厢，给老史、老张和老李腾出两个铺位。上访并不犯法，老张和老李也没有难为老史；不但没难为老史，因怕老史路途上生变，反倒处处照顾老史。列车长腾出两个铺位，他们让老史自己住一个铺位，老张和老李两个人倒挤在一个铺位上。火车开了，老史松了一口气，老张老李也松了一口气。老张老李盯着老史，老史盯着窗外。火车过了丰台，老张问老史：

"大哥，啥事呀，大年关的，跑到北京上访？"

老史看着窗外：

"说给你们也没用,说给你们,你们能解决呀?"

老张和老李相互看了看,两个编外警察,确实什么都不能解决;既然什么都解决不了,两人开始劝解老史。老张:

"不管什么事,事情出在当地,就应该在当地解决。"

老李:

"放心,世上没有化解不开的矛盾。"

说话间,到了吃饭时间,老张买了三个盒饭。老张:

"上访归上访,饭还是得吃。"

老史端起盒饭也吃。老张松了一口气:

"这就对了。"

吃过饭,老李往纸杯里倒了一杯茶,递给老史:

"大哥,喝口茶。"

老史端起纸杯也喝。

吃过喝过,老史倒在铺头上睡觉。看老史睡觉,老张和老李开始排班,一人仨小时,轮流看着老史。仨小时一折腾,仨小时一折腾,从晚上折腾到第二天早上,该老李值班;老李看着熟睡的老史,咂了几回嘴,也歪在铺头和老张一起睡着了。忽地醒来,车窗外的太阳已经升起老高。老李惊出一身汗,慌忙往对面铺上看,见老史仍在铺上躺着,睁着眼睛想事,并没有逃跑。老李大松一口气,竖起大拇指对老史说:

"大哥,仁义。"

· 五 ·

从××市下了火车,又坐了两个小时的长途汽车,下午两点,老张老李押着老史,终于到了××县,到县公安局交接。县公安局的人常到县城西街的"又一村"吃"连骨熟肉",与老史都认识。当日值班的警察叫老刘。老刘见老史被人押来,不解其意;又看北京的老张老李的介绍信,更不解其意;摸着头问老史:

"老史,你这唱的是哪一出呀?咋到北京告状了?咋叫人从北京遣送回来了?"

老史这时如实说:

"没告状,没告状。"

又说:

"在北京转车,买不上火车票,急着回来打麻将,只好用上了这一招。"

又说：

"玩呢。"

转身走了。老刘愣在那里。老张老李也愣在那里。老张开始结巴：

"这叫什么事儿呀？有这么玩的吗？"

老李拍了一下桌子：

"胆子也忒大了。"

指着门外问：

"这是什么人？"

老刘简明扼要，给老张和老李做了介绍：这人叫史为民，二十多年前，在外地当过县长；后来因为一桩案件，听说还牵涉到一位妇女，老史可能是徇私舞弊，也可能是贪污腐化，被撤了职；当县长能贪污腐化，不当县长就剩个干工资，养不活一大家人，便从外地回到老家，在西街开了个饭铺；饭铺的名字叫"又一村"；"又一村"的"连骨熟肉"很出名；因为史为民的爷爷，早年在太原府当过厨子，留下这么一个绝活；"连骨熟肉"虽然好卖，但老史一天就煮两锅肉；他唯一的爱好是：打麻将；每个礼拜周四下午，雷打不动。

·六·

听过县公安局老刘的介绍,老张和老李哭笑不得。一是因为又好气又好笑,想再见老史一回;二是听了"连骨熟肉"的来历,又听了老史的来历,对"又一村"饭馆也有些好奇,既然来到××县,也想吃一回"连骨熟肉";两人走出公安局,来到大街上;打听着,来到"又一村"。听说找老史,一女服务员把两人带到一包房。包房里有四个人,麻将正打得热火朝天。老史居中坐着。老张当头喝道:

"老史,过分啊,为了打麻将,这么欺骗党和政府。"

老李也喝道:

"不但欺骗党和政府,也骗了我们哥儿俩一路。"

老史打出一张牌,说:

"兄弟,话说反了,党和政府,还有你们,应该感谢麻将。"

老李:

"哈意思?"

老史:

"本来我想上访,一想到打麻将,就改了主意。不然,趁你们在火车上睡着,我不早跑了?"

又说:

"我要跑了,你们哥俩儿身上,会担多大的责任?"

老张老李愣在那里。老张:

"别骗人了,上访,你也得有理由哇。"

老史停下手中的牌:

"二十多年前,在下当过县长,你们知道吗?"

老李:

"刚听说。"

老史:

"当年撤我的职,就是世界上最大的冤案;二十多年来,我该年年上访;但为了党和政府,我含冤负屈,在家煮肉;到头来,我不跟你们计较,你们倒认真了。"

老张老李愣在那里。开酒厂的老布,不耐烦地朝老张老李挥挥手:

"闲言少叙,这儿忙正事呢。"

又不耐烦地催批发烟酒的老王:

"怎么那么肉哇，出牌，快点。"

老王犹豫间，打出一张牌：

"二饼。"

开澡堂子的老解大喜，忙将牌推倒：

"和了。"

接着嘴里唱起了戏。老王开始埋怨老布，两人吵得不可开交。老史兴奋得红光满面：

"痛快。"

· 七 ·

老张老李从打麻将的房间退出，来到"又一村"大堂，欲买"连骨熟肉"；这时发现，买"连骨熟肉"的队伍，已排出一里开外。刚进门时没留意，现在才知道"连骨熟肉"的厉害。接着往灶上看，灶上就炖着一锅肉，这时再去排队，哪里还买得着？老张上前与卖肉的说，他们二人，从北京慕名而来，能否照顾照顾，给卖上四两肉，让他们尝个鲜。卖肉的摇头，别说四两，一钱都不敢卖给他们；卖给插队的一钱，排队的人会把他打死。老张老李摇头，出门离去，想另找饭馆吃饭；这时带老张老李去找老史的女服务员又赶上喊他们：

"二位大叔留步。"

老张老李站住。老张：

"啥意思？"

女服务员：

"俺老板说，你们在火车上请他吃过饭，现在他请你们吃饭。"

老张老李相互看看，便随女服务员返回"又一村"。跟着女服务员进了一个包房，看到桌子上，搁着热气腾腾一脸盆"连骨熟肉"。一脸盆熟肉旁，竖着两瓶"一马平川"白酒。两人大喜。老李：

"老史早年是个贪官，现在也改邪归正了。"

两人在桌前坐下，伸出手，开始撕"连骨熟肉"吃。一口肉到嘴，马上知道这"连骨熟肉"的好处。它咸里透香，香里透甜，甜里透辣，辣里又透爽和滑；滋味不但入到肉里，也入到骨头里；吃过肉，敲骨吸髓，滋味也丝毫不减。老张老李平日酒量不大，就着热肉，也喝得口滑。一时三刻，一瓶酒就见了瓶底。喝完一瓶，老张打开第二瓶，这时老张问老李：

"老李，这次遣送，回去怎么向领导汇报呢？"

老李：

"怕是不能如实说呀。如实说了，一趟遣送，不成了笑话？"

老张：

"成了笑话不说，也显得咱俩笨，两千多里过来，路上咋就没发现呢？说不定饭碗就丢了。"

老李：

"一句话，正常遣送。"

又沉吟：

"路上经过教育，当事人表示，今后再不上访了。案子不复发，咱还能领到奖金。"

老张：

"既然让他悔过自新了，咱也得知道上访的案由；老史上访的案由，说个啥好哩？"

老李：

"照实说，想翻县长的案。这事显得大，也严肃。"

老张：

"就是，一件严肃的事，可不能让它变成笑话。"

举起酒杯：

"干。"

老李也举起酒杯，两人清脆地碰了一下，干了。

这时天彻底黑了。年关了，饭馆外开始有人放炮，也有人在放礼花。隔着窗户能看到，礼花在空中炸开，姹紫嫣红，光芒四射。

二〇一二年六月
北京

附 录

刘震云作品中文版目录

《故乡天下黄花》（长篇小说）	中国青年出版社	1991年8月
《故乡天下黄花》（长篇小说）	作家出版社	2009年6月
《故乡天下黄花》（长篇小说）	台湾九歌出版社	2010年6月
《故乡相处流传》（长篇小说）	华艺出版社	1993年3月
《故乡面和花朵》（长篇小说 四卷）	华艺出版社	1998年9月
《一腔废话》（长篇小说）	中国工人出版社	2002年1月
《手机》（长篇小说）	长江文艺出版社	2003年12月
《手机》（长篇小说）	台湾九歌出版社	2004年4月
《手机》（长篇小说）	作家出版社	2009年7月
《我叫刘跃进》（长篇小说）	长江文艺出版社	2007年11月
《我叫刘跃进》（长篇小说）	台湾九歌出版社	2008年3月
《我叫刘跃进》（长篇小说）	作家出版社	2009年6月
《一句顶一万句》（长篇小说）	长江文艺出版社	2009年3月
《一句顶一万句》（长篇小说）	台湾九歌出版社	2009年8月
《一句顶一万句》（长篇小说）	香港明报出版社	2010年1月
《我不是潘金莲》（长篇小说）	长江文艺出版社	2012年8月
《我不是潘金莲》（长篇小说）	台湾九歌出版社	2012年8月

《我不是潘金莲》(长篇小说)	香港天地图书出版社	2013年2月
《吃瓜时代的儿女们》(长篇小说)	长江文艺出版社	2017年11月
《吃瓜时代的儿女们》(长篇小说)	台湾九歌出版社	2018年4月
《吃瓜时代的儿女们》(长篇小说)	香港天地图书出版社	2018年4月
《一日三秋》(长篇小说)	花城出版社	2021年7月
《一日三秋》(长篇小说)	台湾九歌出版社	2023年5月
《一日三秋》(长篇小说)	香港三联书店	2023年6月
《温故一九四二》(中篇小说)	长江文艺出版社	2012年11月
《塔铺》(小说集)	作家出版社	1989年1月
《官场》(小说集)	华艺出版社	1992年5月
《一地鸡毛》(小说集)	中国青年出版社	1992年6月
《官人》(小说集)	长江文艺出版社	1992年12月
《刘震云》(小说集)	香港明报出版社	1999年11月
《刘震云》(小说集)	人民文学出版社	2000年9月
《刘震云》(小说集)	文化艺术出版社	2001年9月
《一地鸡毛》(小说集)	长江文艺出版社	2004年3月
《那些微小又巨大的人》(小说集)	台湾九歌出版社	2005年4月
《刘震云》(小说集)	现代出版社	2005年8月
《一地鸡毛》(小说集)	人民文学出版社	2006年1月
《刘震云精选集》(小说集)	北京燕山出版社	2009年6月
《一地鸡毛》(小说集)	台湾九歌出版社	2008年3月
《温故一九四二》(小说集)	台湾九歌出版社	2013年4月
《刘震云文集》(四卷)	江苏文艺出版社	1996年5月
《刘震云文集》(十卷)	人民文学出版社	2009年3月
《刘震云作品典藏版》(十二卷)	长江文艺出版社	2016年8月